한별학교

에티오피아의 빛나는 별

한별학교_에티오피아의 별

2016년 4월 28일 초판 인쇄
2016년 5월 4일 초판 발행

지은이	신미식
발행자	박흥주
발행처	도서출판 푸른솔
편집부	715-2493
영업부	704-2571
팩스	3273-4649
주소	서울특별시 마포구 도화동 251-1 근신빌딩 별관 302호
등록번호	제 1-825
	ⓒ 신미식 2016

값	15,000원
ISBN	**978-89-93596-63-2 (03810)**

한별학교

에티오피아의 빛나는 별

신미식 글·사진

푸른솔

쓰낫의 사진이 나온 '아프리카의 별' 전시회 도록을 들고
쓰낫의 집을 찾았다. 그리고 도록을 선물했다.
아이는 책을 오랫동안 바라봤다.
책에 실린 자신의 얼굴이 마냥 신기한 듯.

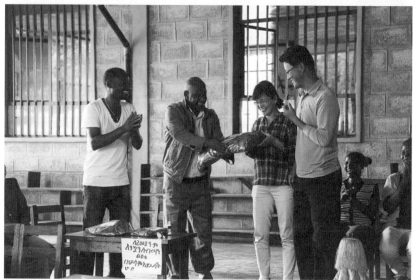

ⓒ 추연만

© 추연만

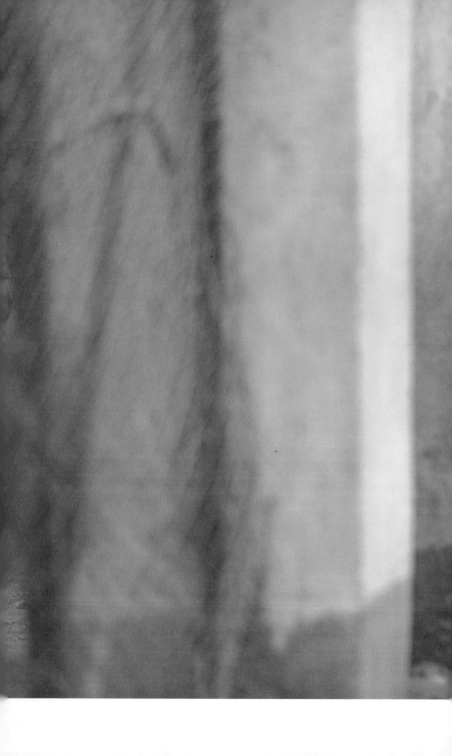

ሐንብዮል
ክርስቲያን አካዶሚ
HANBYUL
CHRISTIAN ACADEAMY
한별

▶ 100 M. Tel. 046331 3761 331 4448

© 추연만

ⓒ 추연만

ⓒ 추연만

에티오피아의 별
한별학교

2008년 처음 에티오피아를 여행했다. 그리고 8년 동안 10번에 걸쳐 에티오피아를 찾았다. 나는 왜 에티오피아에 마음을 빼앗긴 걸까? 스스로 생각해도 이유를 알 수 없는 건 굳이 이유가 필요하지 않아서일지 모른다. 처음 이 땅에 도착했을 때 스스로 많은 질문을 던졌다. 여기가 과연 아프리카인가? 내가 알고 있는 아프리카가 맞는가?라는 질문이다. 여행을 하면서 나는 내 질문에 대한 답을 찾을 수 있었다. 에티오피아가 갖고 있는 유구한 역사와 문화는 다른 아프리카에서는 찾아보기 힘들다. 아프리카의 예루살렘이라고 부를 만큼 무수히 많은 기독교 유적들. 왜 나는 아프리카는 기독교 종교와 상관없을 거라고 생각했던 것일까? 아프리카를 조금이라도 이해하기 위해서는 이곳을 직접 경험해봐야 한다. 그리고 직접 눈으로 보고 경험해봐야 한다. 우리가 지금까지 매스컴을 통해 알고 있던 아프리카는 지극히 적은 부분에 지나지 않는다. 진짜 아프리카는 우리와 별반 다르지 않다는 것이

다. 함께 에티오피아를 여행했던 사람들이 이구동성으로 하던 말은 우리와 비슷한 부분이 많다는 것이다.

내가 아프리카를 바라보는 시선이 동정이 아닌 동경으로 변하기 시작한 건 이 땅의 사람들을 만나면서였다. 경제적으로는 부족해도 행복한 미소를 잃지 않는 사람들. 어쩌면 나는 그 미소 때문에 이 땅에 그리움을 묻어둔 것일지도 모른다. 에티오피아 사람들은 한국을 형제의 나라라고 부른다. 6.25 전쟁 때 아프리카에서 유일하게 참전했던 나라. 그래서 이들은 우리를 형제의 나라라고 부른다. 그런데 지금 우리는 이들을 형제의 나라라고 여기고 있을까? 에티오피아 군인들이 6.25 때 참전했다는 사실을 얼마나 알고 있을까? 거리에서 만나는 사람들의 선한 미소와 친절은 이 나라 사람들의 심성을 알게 해준다. 낯선 이방인에게 손을 흔들고 머리 숙여 인사하는 사람들이 살고 있는 곳이 바로 에티오피아다. 내가 사랑하는 이 나라의 모든 것을 이야기할 수는 없지만 나와 맺어진 소중한 인연들은 여전히 나에게 이 땅을 그리워하게 하는 힘이다.

몇 년 전 커피로 유명한 예가체프를 여행했다. 예가체프에 가기 위해서는 딜라 지역을 통과해야 한다. 딜라 지역을 지나면서 길가에서 우연히 발견한 작은 한글 간판. 쓰여진 이름이 한별학교였다. 낯선 지방에서 만난 그 한글 간판이 마음에 남아 에티오피아 한인들에게 학교에 대해 물었다. 한국 선교사 부부가 운영하는 학교라는 대답을 들었다. 엄청 고생하면서 지금까지 이 끌어오고 있다는 설명과 함께. 그 이후에도 두 번 정도 나는 예가체프를 가면서 그곳을 지나쳤다. 아직 특별한 인연이 없어 선뜻 방문하기가 어려웠다. 그러던 차에 밀알복지재단과 인연이 되어 학교를 방문할 수 있었다. 한마디로 놀라웠다. 에티오피아의 여러 학교들을 방문했지만 한별학교처럼 잘 정돈된 학교를 본 적이 없었다. 학교의 규모도 학생들의 모습도 다른 학교에 볼 수 없었던 느낌이었다. 정순자 교장 선생님과 학교에 대한 이야기를 나누면서 지금까지 오는 길이 얼마나 힘들었는지, 왜 이 땅에 학교를 하려고 했는지 어렴풋이 알게 됐다. 존경스럽다. 적지 않은 연세에 부부가 이 땅을 위해 헌신하고 있는 모습을 보며 내가 이곳을 위해 할 수 있는 일이 무엇일지 생각해봤다. 아무도 가지 않은 길을 가는 것은 어려운 일이다. 그 어려운 시간을 살아가는 사람들은 또 얼마나 아름다운가.

한별학교에서 사진반을 만들었다. 그리고 아이들과 함께 파인더로 세상을 봤다. 처음으로 카메라를 통해 세상을 본 아이들의 표정이 진지하다. 카메라를 들고 있는 아이들의 손이 참 아름답다고 느껴졌다. 세상을 보는 그 눈빛과 카메라가 하나가 될 때 또 하나의 세상이 보인다. 사진반 마지막 수업으로 학교 근처 형편이 어려운 집들을 찾아 가족사진을 촬영했다. 처음으로

한별학교에 사진반을 만들었다. 그리고 아이들과 함께 파인더
로 세상을 봤다. 처음으로 카메라를 통해 세상을 본 아이들의
표정이 진지하다. 카메라를 들고 있는 아이들의 손이 참 아름
답다고 느껴졌다.

진지하게 카메라에 시선을 고정시킨 아이의 뒷모습을 보는데, 코끝이 찡해져온다. 사진을 촬영하고 그 자리에서 출력해 액자에 넣어 선물했다. 처음으로 다른 사람을 위해 사진을 찍고 선물하는 아이들의 표정이 상기되어있음을 느꼈다. 촬영을 마치고 돌아와 아이들에게 소감을 물었는데, 한결 같은 대답이 내가 아닌 다른 사람을 위해 선물을 한다는 것이 기분 좋았다는 것이다. 8명의 사진반 학생들과 함께 한 시간은 나에게 가장 좋은 추억을 선물했다.

100명의 학생들에게 일회용 필름 카메라를 나눠줬다. 그리고 자유롭게 사진을 촬영하게 했다. 학생들이 촬영한 사진을 가져와 현상을 했다. 사진을 보는 내내 놀라운 장면들이 담긴 사진을 많이 접했다. 어쩌면 아이들이기 때문에 찍을 수 있는 사진, 그 사진은 놀라울 정도로 수준이 높았다. 카메라를 처음 접해본 아이들이 보는 세상, 그 세상을 함께 보면서 사진이 주는 의미를 되새길 수 있었다.

한별학교에서 여러 방면으로 일하는 사람들을 만나 인터뷰를 진행하면서 한별학교가 갖는 의미를 더욱 구체적으로 알 수 있었다. 사람이 살기조차 어려운 척박한 땅 위에 학교를 세우면서 얼마나 많은 눈물과 기도가 이 땅에 뿌려졌을까? 지금 내가 보고 있는 한별학교는 그 자체로 아름답다.

"제가 할 일이라고 생각을 했어요. 전 벌써 10년이란 시간을 에티오피아에서 보냈고 학교가 필요하다는 생각을 많이 했어요. 왜냐하면 아이들이 학교가 없으니까 안 가고 그냥 노는 거에요. 그래서 기회가 되면 애들을 위한 학교를 한번 해보자고 결심했어요." - 정순자 교장

당연히 있어야 할 자리인 것처럼 아름답게 자리한 한별학교. 2005년 160명

의 아이들과 유치원으로 시작한 한별학교가 지금은 유치원생 372명, 초등학생 314명, 중학생 211명, 그리고 고등학생 199명이다. 한별학교는 이제 천 명이 넘는 아이들의 꿈을 책임지는 에티오피아의 명문학교로 거듭났다. 그 아름다운 그림을 힘겹게 그리며 헌신해온 두 분의 삶을 존경한다.

- 신미식

contents

가장 크게 빛나는 별,
한별학교 정순자 교장

한별학교는 지난 2005년 한국인 선교사였던 정순자 교장이 에티오피아 남부 딜라 지역에 설립했다. 에티오피아의 미래를 변화시킬 방법은 교육만이 유일한 해답이라고 생각해 정순자 교장이 유치원으로 시작한 한별학교는 부족한 재정 후원의 어려움으로 인해 한때 폐교 위기를 맞기도 했다. 하지만 기적적으로 밀알복지재단의 후원을 받으며 현재는 학교 운영의 성공사례로 불리고 있다.

2005년 교실 4개에 유치원과 초등학교 학생 180명으로 시작해 10년이 지난 지금 교실 수는 21개로 늘어났고 교과과정 역시 고등학교에 해당하는 9학년 까지로 넓히면서 1,056명의 학생들이 공부하는 큰 규모로 성장했다. 현재 한별학교는 명실상부 에티오피아 최우수 학교로 인정받고 있으며 2010년 딜라시로부터는 최우수 학교상을, 2012년에는 남부지역 최우수 학교상을 수상했다. 한별학교는 지금도 정순자 교장의 사랑과 헌신으로 에티오피아에서 희망의 별로 자라가고 있다.

"너희들은 에티오피아를 바꾸는 사람이 될 거야"
"너희들은 모든 나라에 흩어져서 세상을 이끌어가는 사람이 될 거야"

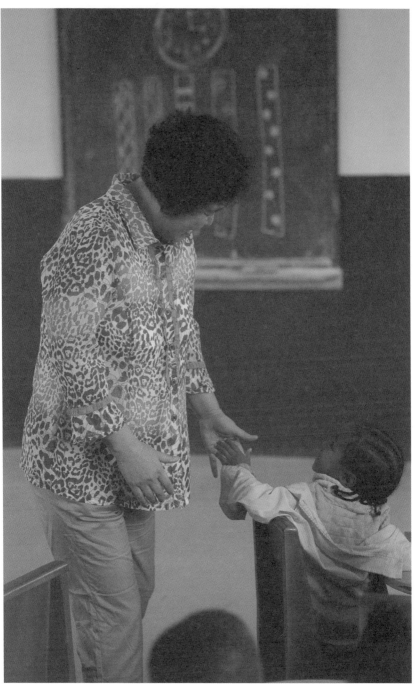

매일 정순자 교장이 아이들에게 들려주는 이야기이다. 1993년 에티오피아 대기근의 소식을 접하고 남편인 박수일 목사를 따라 에티오피아로 왔던 정순자 사모는 급식지원부터 빈민구제, 의료지원까지 도움이 필요한 곳을 찾아 에티오피아 사람들의 생명을 살리는 일에 매진했다. 그러던 2005년 단순한 지원의 한계를 인식하고 에티오피아의 미래를 변화시킬 방법은 교육뿐이라는 해답을 가지고 에티오피아 남부 딜라 지역에 학교를 세우기로 결심한다. 빚을 내서 땅을 구입하고 건축을 시작했다. 그렇게 문을 연 한별학교에서 가정형편이 어려운 학생들이 수업에 집중할 수 있도록 학비지원과 장학제도를 만들어 빈곤에 갇힌 아이들이 꿈을 이룰 수 있도록 도왔다. 그 공로를 인정받아 2013년 대한민국 해외 봉사상 대통령상을 수상하기도 했다. 그녀가 어려운 고비를 넘기며 학교를 건립한 이유는 아이들에게서 에티오피아의 미래를 보았기 때문이다. 절망 대신 희망을 본 그녀로 인해 지금은 천여 명의 아이들이 공부하고 뛰어놀며 미래를 꿈꾸고 있다. "그만두고 싶을 때마다 한별학교에서 변화되고 있는 아이들을 보는 것이 너무 행복해 포기할 수 없었어요."

© 추연만

"너희들은 에티오피아를 바꾸는 사람이 될 거야"
"너희들은 모든 나라에 흩어져서 세상을 이끌어가는 사람이 될 거야"

The Biggest Shining Star,
HANBYUL SCHOOL

In 2005, a Korean missionary named Joung Soon-Ja, after thinking of ways to change Ethiopia's future, came up with the answer to education and established Hanbyul School in Dilla, southern Ethiopia. It started out as a kindergarten and extended to elementary schools, but faced the danger of closing down due to poor support. Miraculously it received support through Miral Welfare Foundation and the school is being successively run until today.

In 2005, the school started with four classrooms and with one hundred eighty kindergarten and elementary school students. Today the school has twenty one classrooms and 1056 students up to 9th grade.

Hanbyul School, the fruit of Principal Joung Soon-Ja's hard work and effort, has grown to become one of the best schools in Ethiopia. In 2010 it received the grand prize in Dilla, and in 2012 it received the 'Best School in the Southern Region' award. Hanbyul School continues to grow as the star of hope in Ethiopia with the love and sacrifice of Principal Joung Soon-Ja.

"You will change Ethiopia"
"You will go all over the world and become leaders"

에티오피아의 빛나는 별

This is what Principal Joung Soon-Ja tells her students every day. She started out with the confidence that education was necessary to save the children, and so put everything into establishing Hanbyul School in remote Ethiopia.

Principal Joung Soon-Ja came to Ethiopia with her husband Pastor Park Su-il after learning about the great famine there. She has provided meals and medical treatment, has relieved the poor and has done whatever was need to save lives. Wherever she went miracles took place such as children who were dying with malnutrition beginning to walk again and health recoveries of the ill.

Then in 2005, after coming up with the solution that the only way to change Ethiopia's future was education, she established and began to run Hanbyul school in Dilla, southern Ethiopia. She purchased the necessary property on her own loans and the construction started. She helped students with poor home situations through support of school expenses and opening scholarships, allowing children who used to be confined in poverty to dream again. She received the Presidential prize for global volunteering in the Republic of Korea.

She established the school despite crises and trials because she saw Ethiopia's future in the children. Because she saw hope instead of despair, there are about a thousand children studying, playing and dreaming of the future.

"At times when I wanted to abandon everything, I couldn't give up because watching the change in the children at Hanbyul school brought her such great happiness."

박수일
목사(밀알복지재단 협력 지부장)

Q. 처음 에티오피아에 와서 하신 일은 어떤 것인가요?
A: 수도인 아디스아바바에서 남쪽으로 250km쯤 떨어진 랑가노 부꾸 깨벨로라는 지역(깨벨로는 행정구역 단위로, 우리나라로 치면 면이나 리 정도 규모의 마을이다)에서 교회를 시작했습니다. 아내는 영양실조에 걸린 아이들을 돌보는 일을 했는데, 그곳에서 6년 정도 일했습니다. 그 뒤에 딜라로 옮겼습니다.

Q. 랑가노는 어떤 곳인가요?
A: 호수 근처에 있는 마을로 차가 다니는 도로에서 한 15km 정도 떨어져 있습니다. 교육시설이 없고 농사도 옥수수를 심는 정도로 주로 양이나 염소, 소를 키워서 시장에 내다파는 게 마을 사람들의 주 소득원이었어요. 비가 잘 내리지 않으니 농사를 짓기 어려운 곳이지만 안타깝게도 수원지인 호수가 옆에 있는데도 이용할 줄을 모르더군요.

Q. 이후 딜라 지역으로 옮기게 된 계기가 있나요?
A: 랑가노에서 딜라로 옮기기 전에 케냐 국경지역 남쪽에 있는 야베노라는 곳에서 3년 정도 있었습니다. 거기 있는 동안 아내가 많이 아팠어요. 이유도

모른 채 여기저기 계속 아팠는데, 지금 생각해보니 아마 갱년기였던 모양이
에요. 선교 본부에서 아디스아바바나 딜라로 가는 것은 어떻겠느냐고 해서
딜라로 옮겼지요. 유치원을 해보자고 계획을 세운 것도 그때입니다. 그런데
지금은 이렇게 고등학교까지 열게 됐습니다.

Q. 처음 유치원 규모는 어느 정도 예상하셨나요?
A: 처음에는 한 반 정도면 되겠지 싶었습니다. 많아야 두 반? 한국에서 유치
원을 운영해본 경험도 있는데다 마침 한국의 온누리교회에서 학교를 세우
려 한다는 얘기를 듣고 유치원 얘기를 꺼냈다가 구체화된 것이지요. 한국의
선교사들이 이곳에서 교육 사역을 중점적으로 하는 이유는 느리지만 이들
을 변화시킬 수 있는 방법이라고 생각해서입니다.
그런데 막상 관공서에 가서 알아보니 유치원을 하려면 땅도 어느 정도 필요
하고 초등학교 4학년까지 과정을 운영해야 인가가 나온다는 겁니다. 유치
원만 운영해서는 법적으로 수속을 밟을 수 없는 시스템이더군요. 그래서 초
등학교까지 운영을 시작했는데, 현재는 고등학교까지 하게 된 것입니다.

Q. 학생들에게 바라는 점이 있다면 어떤 것인가요?
A. 현실적으로 굉장히 열악합니다. 태어날 때부터 좋은 환경에서 충분한 영
양 공급도 이뤄지지 않았던 아이들이기 때문에 부족한 면이 많습니다. 그래
서 제가 개인적으로 바라는 것은 정직하고 남에게 신뢰를 줄 수 있는 사람
으로 자랐으면 하는 바람입니다. 어떤 물질적 가치를 많이 소유하거나 많이
배우고 아는 것은 그 다음 문제인 것 같습니다.
신뢰할 만하고 인격적으로 성숙한 사람이 된 다음 가능하다면 지적으로 영
어도 잘하고 운동도 잘하고 음악도 잘해서 이 아프리카 사회에서 박수를 받

을 수 있는 학생들이 됐으면 합니다.

Q. 계획했던 것보다 학교의 규모가 훨씬 커졌는데요. 그 다음 목표 역시 바뀌었을 듯합니다.

A. 주변에서는 대학까지 운영해야 하는 것 아니냐는 말씀도 하시지만 저희 역량으로는 어려운 얘기입니다. 박사학위를 가진 역량 있는 분들을 모시는 것 자체가 쉽지 않고요. 계획을 거창하게 세우기보다는 지금 주어진 일에 최선을 다할 생각입니다. 에티오피아에서는 지금 9학년과 10학년이 고등학교이고 거기서 다시 2년간 플랩페리타라고 해서 대학을 가기 전에 공부할 수 있는 정부 제도가 있습니다. 대학에 가기 전 일종의 예비학교 과정인데, 그 과정을 만들어볼 수 있지 않을까 생각합니다.

아디스아바바에 있는 명성병원에서 명성의대를 시작했어요. 플랩페리타를 마치고 나서 한국의 수능시험이나 미국의 SAT와 비슷한 시험을 통과해야 입학할 수 있는데, 만약 우리 학생이 그 시험 점수를 얻게 되면 학비는 전액 면제해주겠다고 약속해주셨습니다. 그래서 지금 그 학교 입학을 목표로 공부하는 학생들이 몇 있습니다.

Q. 만약 학생들 가운데 그렇게 의대에 가는 사례가 생기면 큰 반향이 있겠습니다.

A. 이 학교에서 의사가 몇 명 나오고 교수도 나온다면 학생들도 자긍심을 가지고 열심히 공부할 것이라고 생각합니다. 이미 공부하는 분위기가 형성돼서 토요일에도 학교에 와서 공부하는 학생들이 있지만요. 선생님과 학생들이 자발적으로 와서 보충수업을 하는 것인데, 에티오피아에서는 상상하기 힘든 일입니다. 그런 학생들이 나중에 선생님이 돼서 이 학교로 돌아오

는 것도 큰 의미가 있습니다. 또 다양한 분야로 가서 충실히 일함으로써 한별이라는 이름이 알려지기를 기대하고 있습니다. 아프리카에서 우리가 일하는 목적은 현지인 스스로 뭔가를 할 수 있도록 만드는 것이잖아요. 우리는 기초를 세우는 사람이니까요.

한별학교 학생들은 다른 학교 아이들에 비해 질서에 대한 개념도 있고 의식도 다릅니다. 그런 아이들이 천 명인데 분명 적지 않은 수입니다. 아직 졸업반도 없고 학교가 세워진 기간도 짧지만 이 지역사회에 이미 한별학교가 갖는 의미가 클 것으로 생각합니다.

Q. 선배가 후배를 지도하고 끌어주는 학교의 모습이 인상적입니다.

A: 벌써 학생들끼리 그런 얘기도 하는 모양입니다. 후배들의 공부를 지도해주는 학생들도 있고요. 어떻게 될지는 아직 모릅니다만 단 몇 명이라도 학생들을 한국으로 유학 보낼 길이 열린다면 좋겠습니다.

Q. 이곳 에티오피아까지 와서 학교를 운영하는 이유는 무엇인가요?

A. 사람을 바꾸는 방법은 교육밖에 없는데, 굉장히 긴 시간 동안 꾸준한 관심을 가져야 하는 일 같습니다. 나무를 기르는 것과 같지요. 거름도 주고 물도 주고 불필요한 가지도 잘라줘야 하고요. 저희는 이 학교를 통해서 더디지만 그 학생들에 의해 또 나라가 변화되고 발전되기를 기대하는 것이랍니다. 학교에서는 단지 교과서에 있는 지식만 전달하는 것이 아니라 인격적으로도 성장할 수 있도록 가정적인 학교, 따스함을 느끼는 학교를 만들고자 합니다. 아이들이 집에서도 느낄 수 없었던 정이나 사랑, 관심을 느낄 수 있도록 해주는 것만으로도 이들이 사회에 나가서 큰 변화를 일으킬 수 있는 원동력이 되지 않을까 기대하면서요. 모르는 일이잖아요, 상상하지도 못한

일들은 교육은 해낸다고 생각합니다.

요즘은 에티오피아에서도 국가적으로 교육의 중요성을 강조하고 있습니다. 그래서 한별학교는 사립학교인데도 개학할 즈음이면 교육청에서 감독관이 나와서 올해는 몇 명이나 등록했는지를 조사해가요. 그전에는 하지 않던 일입니다. 아프리카에서도 후진국에 해당하는 나라지만 에티오피아 사람들은 천성이 선합니다. 그런 심성이 있기에 앞으로 국제사회에서도 신뢰받는 나라로, 또 한 역할을 감당할 수 있는 나라로 성장할 수 있을 것이라고 희망을 갖지요. 그 한 구석에서나마 한별학교가 밑거름이 됐으면 합니다. 밀알복지재단과의 만남도 우연이 아닌 만큼 함께 나무에 물과 거름도 주고 지지대로 나무가 쓰러지지 않도록 같이 버팀목이 되어 성장을 지켜보는 관계가 됐으면 좋겠어요.

아브라함은 나에게 그리고 우리에게 많은 이야기를 전해줬다.
엄마의 품에서 한없이 행복해하던 어린 소년.
아직은 엄마의 품이 그리운 나이.
그럼에도 엄마와 떨어져 살아야만 했던 세월.
배우 김규리가 아브라함을 위해 집을 선물했다.
지금보다 앞으로의 삶이 좀 더 여유로워지길.
그 아름다운 집에서 가족들이 행복하길.

문병학
한별학교 한국어 교사

Q. 에티오피아에 오신 지는 얼마나 됐나요?

A. 처음 온 것이 2009년 5월이니 6년 6개월 정도 됐습니다. 수도 아디스아바바에서 한인교회 담임목사를 맡아 4년 정도 일했습니다. 이후 한국으로 돌아갔다가 한별학교로 2013년 9월에 와서 계속 일하고 있습니다.

Q. 목회를 하다가 한별학교로 일종의 방향전환을 하신 이유가 어떤 것인가요?

A. 아디스아바바에서 4년간 사역 후 한국으로 돌아간 것은 더 이상 비자를 연장할 수 없어서였습니다. 그런데 안식년 기간 동안 한국에 와계셨던 박수일 지부장님이 마침 한별학교에서 같이 사역할 사람을 찾는다고 하셔서 한별학교를 돕고 남는 시간이 주어지면 필요한 사역을 할 수 있겠다는 생각이 들어서 합류하게 됐습니다.

Q. 에티오피아와 인연을 맺게 되신 계기가 있다면요?

A. 그것도 박수일 당시 선교사님을 통해서입니다. 2009년 3월에 '에티오피아 내에 있는 한인교회에 담임목사가 없어서 어려운 상황에 있다'고 하시며 그곳에서 함께 사역하면 어떻겠냐는 권유를 받았습니다. 그로부터 두 달 만인 2009년 5월에 가족들과 함께 오게 됐지요. 아내와 딸에게 물었더니 하나

님 뜻이라면 당연히 가야하지 않겠냐고 해서 함께 한마음으로 오게 되었습니다. 중간에 에티오피아에서의 사역에 어려움도 겪었지만 제 인생에 주어진 길이라면 길이 다시 열리지 않을까 생각했는데 열린 것이지요.

Q. 한별학교에서는 어떤 일을 맡고 있나요?
A. 2~4학년 학생에게는 기초영어와 체육, 5~8학년 학생에게는 한글을 가르치고 있습니다. 그밖에 직원과 학교 관리도 제 일입니다.

Q. 한별학교에는 어떤 아이들이 다니나요?

에티오피아의 빛나는 별

A. 한별학교가 위치한 곳은 딜라에서도 외곽지역입니다. 그래서 처음에는 시내가 아닌 외곽에 사는 아이들을 대상으로 시작했지요. 스쿨버스 운영도 학교에서 30분 이상 떨어진 거리에 사는 아이들도 가르치려는 목적에서 시작한 것인데, 지금은 학교가 좋다는 소문이 퍼지면서 시내에서 오는 아이들도 있습니다. 처음에는 가난한 아이들이 대부분이어서 후원단체의 도움으로 무료 교육을 했는데, 이제는 시장이나 도시의 고위 공무원 자녀부터 중산층 자녀들도 많이 다녀요. 학비 차원보다는 한별학교의 가능성을 발견한 부모들이 자신의 자녀가 우리 학교를 통해 인생의 기회를 살리고 비전을 꿈꾸기를 바라기 때문이 아닐까 하는 생각이 듭니다.

Q. 한별학교가 지역사회에서는 어떤 역할을 하고 있습니까?
A. 개교한 지 10년째인데 지역사회를 위해 특별한 역할을 한 것은 아직 없습니다. 이제 학교 건물도 새로 지어지면서 학교 환경이 좋아졌지만 불과 3년 전까지만 해도 한 학년에 교실이 하나씩밖에 없었습니다. 처음에는 불쌍한 아이들을 위해 유치원을 시작했지만 유치원 졸업하고 1학년에 올라가야 하는 아이들이 에티오피아의 열악한 보통 학교로 가면 과거의 모습으로 돌아갈 게 뻔해보였습니다. 그래서 교실을 만든 것이지요. 1학년이 끝날 무렵이면 다시 2학년 교실, 다시 3학년 교실. 이렇게 해마다 교실 하나씩을 증축했어요. 그러다 6학년 교실까지 늘리고 난 뒤에 밀알복지재단의 도움을 받게 되면서 유치원과 교실 8칸을 추가로 늘린 것이고요. 학교가 갑자기 커지니까 주변에 소문이 나고 영향력을 갖기 시작한 것 같아요. 아니 영향을 끼친다기보다 좋은 학교로서 알려지기 시작했다는 말이 맞을 것 같습니다. 다른 것 없습니다.

Q. 딜라 지역에는 학교들이 많은가요?
사립학교가 21개쯤 있습니다. 아이들도 많고 부모들도 자녀를 가르치려는 열정이 많이 깨어 있는 편입니다.

Q. 한별학교의 입학 절차는 어떻게 되나요?
A. 누구나 지원을 할 수 있습니다. 선착순이지만 시험은 있습니다. 새해가 되면 다니고 있는 학생을 포함해 모든 학생이 재등록을 해야 합니다. 기한 내에 재등록하지 않으면 다른 학생이 들어와서 그 자리를 채우게 됩니다. 그래서 먼저 재학생과 부모들에게 통지를 해요. 그 다음에 순차적으로 새로운 학생들에게 공지를 하지요. 학교에 들어오기 전에는 시험을 치릅니다. 학생의 수준을 파악하기 위해서입니다. 아무것도 모르는 학생이 오면 학교에 적응하기 어렵고 결국 스스로 포기하게 되는 상황을 막기 위해서이지요. 그렇다고 높은 수준을 요구하는 것이 아니라 기본적으로 학교에 적응할 수 있는 수준이 되는지 테스트하는 거예요.

Q. 특별히 기억에 남는 학생이 있나요?
A. 아직 2년밖에 되지 않아서 선생님으로서도 배우는 단계랍니다. 그래서 아이들 하나하나가 저에게는 귀하고 모두가 잘 자라줬으면 하는 마음입니다. 소중한 꿈을 키우고 이곳을 통해 잘 배우고 익혀서 그 꿈을 이뤘으면 하는 마음이지요. 아직은 아이들을 알아가고 있는 과정이고 가정방문을 할 위치는 아니지만 우연히 만나면 가정도 보게 되는데 특별히 애틋한 마음의 감정이 있는 것은 아니에요.

Q. 다른 학교 아이들과 좀 다른가요?

A. 다른 학교 학생들을 관심가지고 봐요. 집안에서 아이들을 보면 그래도 좀 힘들어하는 아이, 특히 막내에게 더 관심이 가고 더 애틋하잖아요. 한별학교에서 일하지만 한별학교 애들만 사랑하지는 않아요. 에티오피아를 사랑하려고 합니다. 특히 어려운 환경 속에서 공부하는 아이들을 많이 봐요. 어찌 보면 한별학교 애들은 좋은 기회를 얻은 셈이니 이 아이들은 어느 정도 안심이 됩니다. 하지만 여전히 한별학교 밖에서 힘들게 공부하고 애쓰는 아이들에게 더 마음이 가서 그런 아이들을 도울 방법을 찾기도 합니다.

Q. 가족과 떨어져 지내시는데, 가장으로서 힘든 때는 언제인가요?
A. 아디스아바바에 있을 때에는 저희 가족들이 함께 지낼 수 있었고 아이들도 선교사 자녀 학교가 있어서 다녔어요. 물론 거기도 이미 정원이 찬데다

등록이 끝난 이후에 저희 가족이 왔기 때문에 입학이 어려웠지만 운 좋게 하나님의 은혜로 들어갔어요. 그런데 덩치 큰 5학년 애들 사이에 6살 남매를 1학년으로 보냈더니 언어도 안 통하고 1년 내내 적응에 큰 어려움을 겪었습니다. 그래도 시간이 지나면서 잘 적응했지만 그 과정은 힘들었습니다. 그렇게 4년이 지났는데 이번에는 이곳 딜라까지 내려오면서 아이들을 보낼 수 있는 학교가 없어서 케냐에 있는 기숙학교까지 아이 셋을 보내게 됐습니다. 역시나 처음에는 아이들이 많이 힘들어 했어요. 음식도 안 맞고 친구도 없이 엄마 아빠와 떨어져야 했으니까요. 이제는 학교생활도 괜찮고 음식도 적응이 됐다고 하더군요. 아이들과 12년 만에 처음 떨어져 지내는 아내도 우울증에 걸린 것처럼 힘들어했는데, 이젠 좀 나아졌습니다.

Q. 아이들이 아빠와 엄마가 이런 일을 하는 것에 대해 어떻게 생각하나요?
A. 전 여기 오게 된 과정도 하나님의 계획이라고 생각합니다. 저뿐만 아니라 특별히 저희 가정을 부르신 이유가 있다고 믿습니다. 아내 역시 하나님 뜻이라면 가야 하지 않겠냐고 하더군요. 당시에는 아직 둘째와 셋째는 어려서 물어보지 못했지만 큰딸 역시 소명으로 받아들였습니다. 그리고 여기 와서 하나님께서 우리의 길을 앞서서 준비해주셨구나 하는 것을 많이 느끼게 됩니다. 학교만 하더라도 다들 몇 해씩 기다려서 아이를 입학시킬 수 있었던데 반해 저희는 곧장 아이 셋을 동시에 입학시킬 수 있었는데, 그런 일들이 많았습니다.

Q. 그런 소명의식을 갖고 지금 일하고 계신데, 앞으로의 계획은 어떤가요?
A. 이 나라에서 흔히 '우리의 인생은 아무도 모른다. 오직 하나님만이 아신

다' 는 말을 많이 합니다. 저 역시 목회를 시작할 때 30년을 계획하면서 그 중 20년은 해외선교를 하겠다고 결심했거든요. 이제 7년을 채웠으니 아직 13년이 남았다고 생각하고 있습니다.

Q. 한별학교에서 근무하시면서 가장 행복한 시간은 언제인가요?
A. 아이들과 함께 뛰어놀고 아이들이 행복해하는 모습을 보면 저도 행복해 집니다. 한별학교와 함께 하는 시간들 속에 있다는 것, 그것만으로도 보람을 느낍니다.

이경미
한별학교 미술교사

Q. 한별학교에서는 언제부터 일하셨나요?

A. 2014년에 왔습니다. 남편인 문병학 선생님이 1년 전에 먼저 왔고 저는 아이들 때문에 아디스아바바에 1년 더 있었답니다. 그 뒤에 아이들이 케냐의 기숙학교에 가게 되면서 이곳으로 왔지요. 8시쯤 나와서 4시 정도에 퇴근합니다.

Q. 여기서는 어떤 일을 맡고 있나요?

A. 유치원에서 아이들에게 종이접기나 색칠하기 같은 미술을 가르칩니다. 일주일에 일곱 개 반 수업을 하는데, 보통 오전에 두 번씩이에요. 목요일은 수업이 한 번이고 금요일에는 수업이 없습니다. 수업이 없을 때에는 유치원의 청소나 관리도 제가 하고 있습니다.

Q. 에티오피아에서는 유치원이 의무교육이라고 알고 있습니다. 시스템은 어떤가요?

A. 우리나라와 달리 에티오피아는 유치원을 다녀야 초등학교에 들어갈 수 있답니다. 그러니 꼭 다녀야 하는데, 대부분 수업료가 있어요. 수도인 아디스아바바에는 유치원이 많지만 이런 시골에는 아직도 유치원 시설이 부족

한 편이에요.

Q. 한별학교가 다른 학교와 다른 점이 있다면 무엇일까요?
A. 외국인 선생님들이 있는 학교는 이곳이 아니라도 많습니다. 하지만 저희 학교는 교장 선생님 이하 선생님들이 아이들을 가르치겠다는 뜻이 확고해서 엄격하게 수업을 진행하는 편이에요. 규율도 마찬가지고요. 이곳의 다른 학교들은 그렇지 못한 경우가 많다고 들었어요. 게다가 저희는 공부뿐만 아니라 인성 교육도 중요하게 생각합니다. 교육 환경 역시 열심히 관리해서 깨끗한 교내 환경을 만들려고 애쓰고 있어요.

Q. 한별학교가 정말 꼭 필요한 이유가 뭘까요?
A. 이곳 딜라에 학교가 부족한 것은 아니랍니다. 사립학교도 많으니까요. 다른 점이 있다면 저희는 비즈니스로 학교를 운영하는 것이 아니라는 점이겠지요. 무엇보다 선생님 한 분 한 분이 아이들을 위하는 마음이 크지요.

Q. 함께 일하는 에티오피아 선생님들과는 어떻게 지내시나요?
A. 처음에는 일의 시스템을 잘 모르셔서 힘들었어요. 그래도 1년 정도 지나니 선생님들도 조금씩 나아지더군요. 애초에는 선생님들도 연필 쥐는 법이나 종이접기도 잘 못했어요. 그래서 선생님들만 모아서 가르친 적이 있을 정도였으니까요. 저야 각 반에 일주일에 한 번씩 수업을 하는 정도여서 처음에는 그다지 나아지는 것 같지 않았는데, 나중에 보니 점점 나아지더군요.

Q. 한별학교의 시스템이 좋다고 알려지면서 주변의 학교들에 영향이 있나

요? 있다면 어떤 변화들이 있나요.

A. 저희가 새로운 수업을 시도하면 주변에서 많이 주목을 해요. 가령, 스피킹 중심의 영어 수업을 하거나 태권도 수업을 진행한 적이 있는데, 학생들과 주변 반응이 정말 좋았어요. 오래 하지 못하고 정식 커리큘럼에 없는 수업이라는 주변 학교로부터의 지적이 있어서 중단했지만 저희가 시도하는 일들을 주변에서 관심 있게 보고 있다는 것은 좋은 일이라고 생각합니다. 그게 한별학교의 이미지를 높여주고 실제로 다른 학교에서 전학 오고 싶어 하는 학생들도 많거든요. 물론 성적이 너무 차이나는 경우가 많아서 전학 신청을 다 받아주지는 못하는 실정입니다. 받아주더라도 다음 학년으로 진급하는 시험에 떨어지는 학생들이 상당히 많고요. 그래도 학부모들은 그런 점을 이 학교의 장점으로 보는 것 같아요.

Q. 한별학교에 대해 처음 알게 되는 분들에게 하고 싶은 이야기가 있을까요?

A. 저 역시 한국에 있을 때 이런 단체에 기부나 후원을 해봤지만 보통은 소액이다 보니 자동이체를 해두고 잊어버리게 되더군요. 그런데 막상 이곳에 와서 보니 그런 작은 정성과 후원이 큰 도움이 되는 것 같아요. 가끔 방송국에서 취재도 해가시지만 TV에서 보이는 것과 실제 환경은 정말 다르거든요. 아이들에게 좋은 환경을 만들어주기 위해 애쓰고 있고 적은 후원이라도 이곳에서는 큰 도움이 된다는 것을 알아주셨으면 합니다.

Q. 선생님이 개인적으로 한별학교에 갖는 꿈이 있다면?

A. 여기서는 12학년을 졸업해야 대학에 갈 수 있답니다. 저희 학교는 아직 11학년 학생들이 가장 고학년이고요. 2년 후에 아이들이 대학에 갈 수 있는

데, 그 아이들이 대학을 졸업한 후 다시 이곳으로 돌아와서 선생님이 돼줬으면 합니다. 자신들이 자란 지역에 좋은 영향을 끼치면 좋겠어요. 물론 아이들이 이곳으로 돌아오지 않더라도 에티오피아 사회 여러 곳에서 열심히 일하고 이 나라가 발전할 수 있으면 그것으로도 충분하지만요.

Q. 마치 연어가 회귀해서 알을 낳는 모습과 같겠군요.
A. 그렇죠! 정말 의미가 있을 것 같아요. 자신들이 배운 학교에서 후배와 동생들을 가르치는 모습이 기대됩니다.

Q. 선생님이 생각하는 한별학교를 한마디로 얘기한다면 무엇일까요?
A. 아이들에게 쉼을 주는 학교, 쉼터 같은 공간이 아닐까요?

Date 14-04-2008
English
Opposite words
Happy-Sad
Good-Bad
clean-dirty
Fat-thin
Boy-Girl
White-Black
Old-New
Near-Far
tall-Short

쓰낫이 커피나무 사이 길을 뛰어가고 있다.
아이의 뒷모습이 멀어질 때까지 한참을 그렇게 바라봤다.
가장 맑고 고운 미소를 간직한 아이.
아픔보다 행복이 어울릴 것 같은 아이의 미래를 생각해본다.

허달무
한별학교 교사

Q. 이곳에서는 언제부터 일하셨나요?

A. 단기봉사 6년째이고 부임해서 온 것은 5년 됐습니다. 이곳에서 결혼해서 에티오피아인 아내가 있습니다.

Q. 에티오피아에 정착해서 힘든 점은 없나요?

A. 처가에서도 저를 현지인이라는 의미의 '아베샤'라고 부를 정도입니다. 얼굴만 한국 사람이며 생각하고 행동하는 것은 에티오피아 사람이나 다름없다고요. 이곳의 에티오피아 선생님들도 외국인 같지 않다고 하시고요.

Q. 이곳에서 결혼까지, 흔치 않은 경우일 것 같습니다.

A. 당연히 이곳에 올 때 결혼은 생각하지 않았습니다. 나중에 이곳에 정착해야겠다고 생각했을 때가 39살이었는데, 주위에서 가정을 가지라고 권하시더군요. 전혀 결혼 생각이 없었는데, 자꾸 얘길 듣다 보니 결혼해야 하나보다 생각하게 됐지요. 한국에서 선교하러온 분들과 교제해보려고도 했습니다만 잘 안됐어요. 그러다 문득 이곳 현지인 친구와 마음이 잘 맞는다는 걸 깨달았지요. 앞으로 이곳에서 일하게 될 때에도 도움이 될 테고요. 부모님께 먼저 상의 드리고, 소개해주신 교장 선생님께도 여쭤보고 결

정하게 됐습니다.

Q. 교장선생님 소개로 만나셨어요?
A. 그렇다고 하시는데 전 몰랐던 거예요. 나중에 얘기 들어보니 간접적으로 제게 지금의 아내를 보여주셨는데 전 몰랐던 것이죠.

Q. 아내 분은 뭐라고 하던가요?
A. 저에 대한 감정은 전혀 없었다고 하던데요? 오히려 교장 선생님이 추천 해주시니 괜찮은 사람이라고 믿었다고 하네요. 그래서 한국에서는 그런 걸 무모한 도전이라고 한다고 알려줬지요. 공경하는 어른이 소개해주시면 결 혼까지도 하는 것이 에티오피아라고 해야 하나요.

Q. 한별학교에서 일하면서 보람을 느낀다면 어떤 것이 있을까요?
한국에서라면 4년제 대학을 졸업하고 평범하게 직장에 다녔을 만큼 특별한 것 없는 저인데도 이곳에서는 제가 가진 것보다 좋은 평가를 해주세요. 제 가 하는 일들이 그리 어려운 일이 아닌데도 불구하고 다들 칭찬을 해주시 죠. 덕분에 스스로도 내가 하찮은 사람이 아니고 다른 이에게 도움을 줄 수 있는, 가치 있는 사람이구나 하는 생각을 하게 됐습니다. 더 노력해서 좋은 모습을 보여드려야겠다는 생각이 들지요.

Q. 학교에서 기억에 남는 학생이 있는지요?
A. 암마누엘이란 학생이 가장 기억에 남습니다. 저희 학교에서 전교 1등을 하던 아이인데, 11학년 반이 없어서 다른 학교로 전학을 갔습니다. 큰 키에 껄렁한 겉모습이 불량해보였어요. 사람들도 처음엔 경계했으니까요. 하지

만 제 느낌에는 이 아이가 자기 안에 있는 꿈을 표현하는 법을 모르는 게 아닐까 하는 생각이 들더라고요. 특별 지도로 한국어, 영어, 컴퓨터도 가르쳤는데, 아이가 영특해서 나중에는 프로그래밍을 빼고 홈페이지 만드는 것까지 다 해내더군요. 의과대학에 진학해서 이 나라 사람들을 위해서 일하고 싶다는 구체적인 포부까지 갖게 된 아이입니다.

Q. 학생들과 대화를 많이 하는 편인가요?
A. 아이들과 대화를 많이 하려고 합니다. 다만 학생들끼리 시기하거나 질투할 수도 있으니 모든 학생을 공평하게 대하려고 합니다.

Q. 한별학교는 본인에게 어떤 의미인가요?
A. 처음으로 해외여행을 온 곳이 에티오피아입니다. 이곳에서 처음 만난 외국인들과 짧은 영어로 대화를 나누면서 생각이 바뀌고 삶이 바뀌었지요. 고집이 센 편이었는데 이곳에서는 많이 부드러워졌고 사람을 생각하고 가정을 이룰 수 있는 계기가 되었습니다. 에티오피아는 제게 기회의 땅입니다. 한별학교는 그 기회의 핵심이라고 할 수 있고요.

Q. 한별학교에서 계속 일할 생각인가요?
A. 사실은 다른 곳에 가기가 두렵습니다. 아내와 함께 한국에 한 달 정도 다녀왔는데, 정말 많이 변해 있어서 당황스러울 정도였습니다. 내가 태어나 자란 한국이 맞나 싶었어요. 그만큼 제가 많이 변했다는 얘기겠지요. 이제 가정도 있고 아이도 있으니 이곳에서 계속 생활하고 싶습니다.

램램
허달무 교사의 아내

Q. 남편(허달무 교사)의 첫 인상은 어땠나요?
A. 남편은 부끄러움이 많은 사람입니다. 결혼 전에도 알고는 있었지만 이 사람과 결혼할 거라고는 꿈에도 생각 못했습니다.

Q. 외국인과의 결혼은 큰 결심이 필요했을 것 같습니다.
A. 남편이 제 마음을 잘 이해해주는 편인데, 가끔씩 화를 쉽게 낼 때가 있어요. 문화적으로도 완전히 다른 부분이 있어서 남편이 에티오피아 사회를 이해하지 못할 때가 있지요. 그 점이 어려운 부분이지만 성장 배경이 다르기 때문에 이해하려고 노력하는 수밖에 없답니다.

Q. 정순자 교장 선생님과는 어떤 인연인가요?
A. 선생님과 알고 지낸 지도 벌써 14년입니다. 저희 가족과도 많은 시간 가깝게 지냈고요. 엄마 같은 분이세요. 가족이나 다름없지요. 제 마음을 잘 이해해주시고 많이 도와주셨어요. 제 아버지가 부재중이셨을 때나 그 이후에 힘든 기간에도 도움을 주셨습니다. 큰 오빠(제게예)도 이곳에서 일하고 있고 저 역시 여기서 일하고 있으니까요. 교장 선생님을 도와드리고 싶다는 생각을 항상 했는데, 남편도 이곳에서 일하고 있고 학생들도 그를 좋아하니

기쁩니다. 제가 가끔 통역으로 도와드릴 수 있어서 행복하고요.

Q. 한국에 다녀오셨지요?
A. 한국에 갔을 때가 1월이었는데, 정말 추웠던 것을 제외하고 한국에서의 시간은 정말 행복했답니다. 시어머니를 비롯해 시댁 식구들이 정말 잘 대해 주셨어요. 날씨는 아주 춥더군요. 에티오피아도 우기가 되면 춥지만 비교할 수 없을 정도였습니다. 김치를 비롯한 한국의 음식들이 정말 맛있었어요. 매운 음식을 좋아하는 편이거든요. 몇 가지 해산물 요리는 익숙치 않았지만 좋았어요. 한국 사람들도 정말 친절했습니다. 상점에 가도 에티오피아와 달리 손님에게 웃음으로 친절하게 대하며 일에 충실하는 모습이 좋았습니다.

Q. 방문한 곳 중에 어디가 제일 좋았나요?
A. 여수가 제일 좋았어요. 바다가 정말 아름다웠습니다.

Q. 본인에게 한별학교는 어떤 곳인가요?
A. 제게는 감사한 일터예요. 이곳은 가난하거나 기회가 없는 사람들이 일할 수 있도록 해줍니다. 부모가 없고 가난한 학생들에게는 무료로 배울 수 있는 기회를 주고요. 학교 안에서 무슬림, 개신교, 정교회 같은 다양한 종교를 가진 아이들이 함께 공부하고 서로 사랑하도록 가르치는 점이 정말 좋습니다.

에티오피아의 빛나는 별

윤맑음
한별학교 교사

Q. 간단히 본인 소개 바랍니다.
A. 1990년생, 윤맑음입니다. 지금 밀알복지재단 소속의 에티오피아 GLP사업 행정간사로 한별학교에 와있습니다. 현재 3개월 차로 4년 전에도 6개월 동안 이곳에서 일했습니다.

Q. 다시 오게 된 이유가 있나요?
A. 한별학교가 자주 생각나기도 했고 제가 앞으로 교육 분야로 일을 계속했으면 하는데 경험이 될 것으로 생각했습니다. 한별학교가 4년 전보다 많이 발전했다는 얘기에 다시 와보고 싶기도 했고요.

Q. 이곳에서 얼마나 일해볼 생각인가요?
A. 제 계획은 잘리지 않는다면 3년 정도 더 일하고 싶어요, 하하. 20대의 마무리를 한별학교에서 하고 29살 정도에 돌아가려고 합니다.

Q. 4년 전에 왔을 때와 지금은 어떤 점이 달라졌나요?
A. 우선은 학교 건물이나 조경과 같은 전반적인 환경이 좋아졌습니다. 학교가 생긴 이후 10년의 교육 효과가 지금 나타나고 있다고들 하시는데, 4년 전

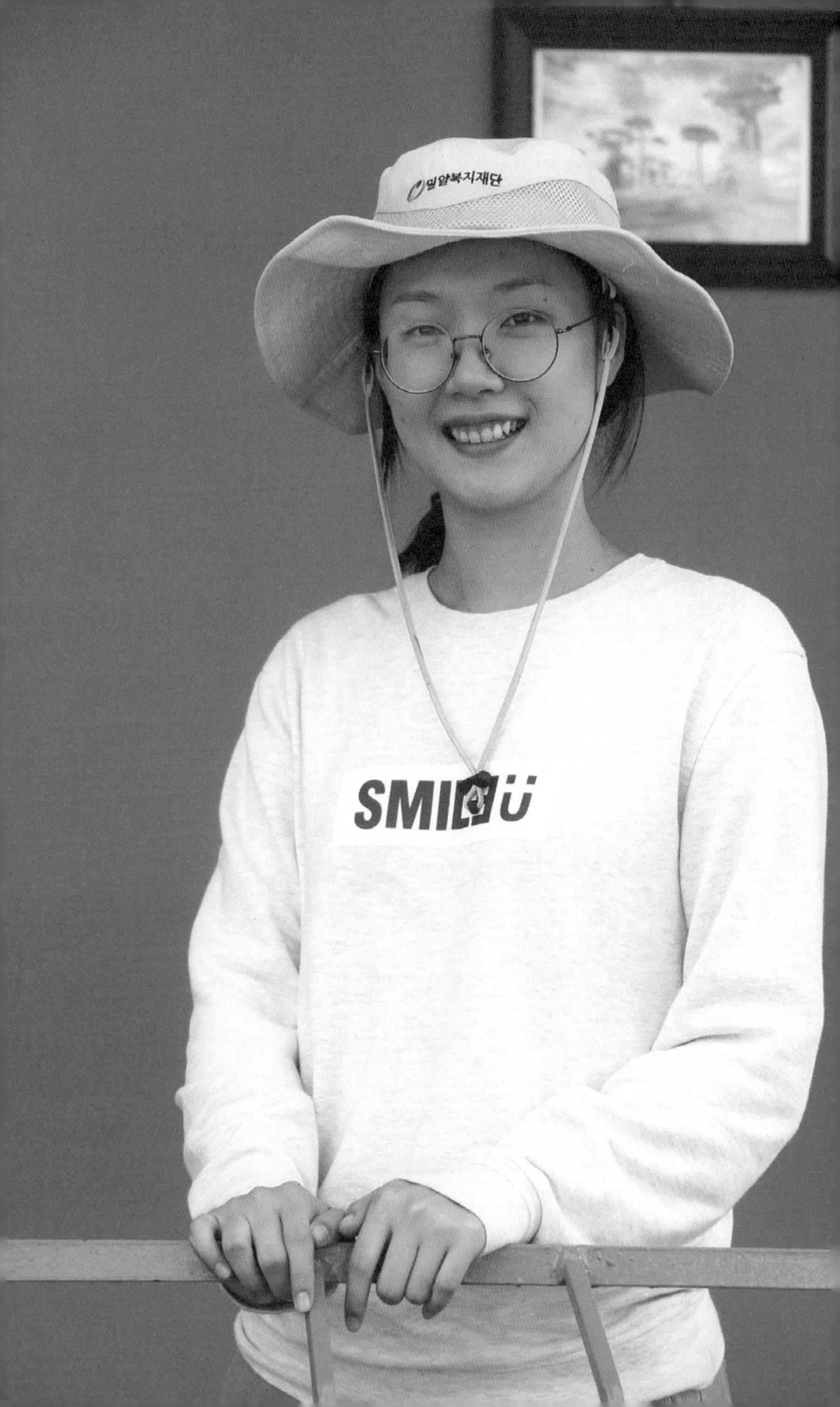
밀알복지재단

과 비교해보면 지금 학생들이 통제되는 것이 확실히 다릅니다. 수업에 참여하는 준비도 다르고 아무래도 교육의 퀄리티가 훨씬 더 높아졌다고 느껴져요. 현지인 선생님들 역시 4년 전에는 준비가 안 된 선생님이 많았는데, 지금은 선생님답다는 생각이 듭니다. 교육은 정말 장기적으로 봐야 하는 프로젝트이고 그 성과가 이제 조금씩 나타나고 있는 게 아닌가 싶습니다.

Q. 여기서 주 업무는 무엇인가요?
A. 이곳 선생님들은 음악이나 미술을 본인이 배우지 못했기 때문에 가르치기 어렵습니다. 그래서 전 아이들이 아이답게 할 수 있는 노래나 놀이를 가르치는 역할을 하고 있습니다. 노래를 통해 간단한 영어를 가르치거나 하는

식이죠.

Q. 아이들이 그런 시간 되게 좋아하겠네요.
A. 다른 선생님들 시간에는 가만히 앉아서 받아 적고 공부해야 하는데, 제시간에는 노래도 부르고 잘하면 사탕도 주고 게임도 하고 하니까 아이들이 좋아합니다.

Q. 선생님으로서 가장 보람을 느낄 때가 언제인가요?
A. 우선 4년 전에 만났던 5학년 학생들이 저를 알아봐줄 때 굉장히 보람됐습니다. 또 지금은 아이들이 제가 가르친 노래를 흥얼거리면서 수업을 한다거

나 제 옆에 와서 노래 잘하는지 봐달라고 노래를 해요. 그럴 때 흐뭇하지요. 최근에는 한 학생 아버지가 이메일로 제게 아이들에게 노래를 가르쳐줘서 정말 고맙다는 인사를 보내주셨는데요, 그렇게 소소한 데서 보람을 느낍니다. 지나가는데 아이가 사탕을 제 손에 쥐어주고 가면 거기서 감동을 받기도 하고요.

Q. 한 번 떠났던 선생님이 다시 돌아와 줬다는 데서 아이들도 신뢰를 갖는 게 아닐까 하는 생각이 듭니다. 이제 학생 수가 천 명을 넘어섰는데, 아이들에게 바라는 점이 있을까요?
A. 아이들이 현실에 좌절하지 않고 문제에 대한 해결책을 찾을 줄 알았으면 해요. 외국인이 운영하는 학교에서 다른 경험을 쌓은 만큼 사회에서도 리더가 될 만한 다양한 사고와 시각을 가진 친구들이 됐으면 좋겠습니다.

Q. 개인적으로 한별학교는 어떤 의미가 있나요?
A. 한별학교는 제 인생의 터닝 포인트라고 생각합니다. 제 진짜 다른 세계를 보도록 해줬으니까요. 그 전까지는 인생을 무기력하게 살았다고 생각했는데, 4년 전에 한별학교에 처음 다녀가고 나서는 무엇을 해야 할지 생각도 하고 삶에 감사하며 살고 있습니다. 그 전에는 왜 한국에서 아등바등 살아야 하나 생각했는데 내가 그런 교육을 받을 기회가 있었던 것은 아주 감사한 일이구나 생각했어요. 인생을 허비하지 말아야겠다고요.

Q. 기억나는 학생이 있다면요?
A. 좀 우스운 이야기이긴 합니다만, 이전에 이 학교에 왔을 때 한 학생에게 "아빠 이름이 어떻게 되니?"라고 물으면 "아빠," "엄마 이름은?"이라고 물

으면 "엄마," "집은 어디니?"라고 하면 "우리 집"이라고 답하는 애가 있었어요. 그런데 그 애가 4년 동안 굉장히 자라서 저한테 이런저런 얘기를 할 정도로 컸더라고요. 그래서 애들은 이렇게 빨리 크는구나 하고 놀랐답니다. 아이의 성장을 지켜보면서 내가 왜 이곳에 오게 되었는지 다시 한 번 생각하는 계기가 되었습니다. 앞으로 남은 임기 동안 최선을 다해 맡은 일들을 할 수 있도록 노력하겠습니다.

한별학교 학생들이 커피나무 아래로 들어갔다.
아침 햇살이 아이들의 머리 위로 내려앉는다.
커피나무는 에티오피아에서 가장 친숙한 나무다.

메비타겐 베카예(Mebitagegn Bekaye)
한별학교 게데오족 언어교사

Q. 본인 소개 바랍니다.

A. 제 이름은 베카예 라고 합니다. 한별학교에 온지 4년 됐습니다.

Q. 다른 학교와 비교해볼 때 한별학교만의 특징은 무엇일까요?

A. 제가 아는 한 한별학교는 정말 특별한 학교입니다. 에티오피아는 교육 환경이 제대로 갖춰져 있지 않기 때문에 선생님들이 가르치고 학생들이 배우고 수업시간을 제대로 지키는 것 자체가 쉽지 않습니다. 한별학교는 책도 충분히 갖춰져 있고 뛰어놀 수 있는 공간도 넉넉하고요. 무엇보다도 이 학교에서 일하는 선생님과 직원들이 자기 일에 소명의식을 가지고 일한다는 점입니다. 자신에게 주어진 일에 최선을 다하고 서로의 관계에서도 신뢰와 사랑이 있습니다. 다른 학교에서는 일처리도 엉망이지만 사람들끼리 다투는 일도 비일비재하거든요. 그런데 이 학교에서는 각자의 일에 최선을 다하고 또 거기에 대해 충분한 보상이 이뤄집니다.

Q. 한국 사람들의 일하는 스타일에 맞추려면 힘들지 않나요?

A. 4년 동안 이 학교에서 일하면서 제가 직접 보고 경험했지만 전혀 문제될 것은 없었습니다. 정해진 시간에 출근해서 수업하고 내게 주어진 일을 충실

히 하는 것은 기본이며, 일할 곳이 있다는 것은 감사한 일이지요. 무엇보다도 제가 선생님으로서 보람과 가치를 발견했다는 것에 참 감사합니다. 다른 곳에서는 느끼지 못했던 선생님과 학생 간의 유대관계도 있고 아이들도 꿈을 가지고 있으니 가르치면서 보람을 느낍니다.

Q. 한국인에 대한 인상은 어떤가요?
A. 학교에 사랑이 넘치고 교육자로서의 자세도 훌륭합니다. 에티오피아 사람인데도 하지 못하는 일을 왜 이렇게 먼 곳까지 와서 돕는지 이상할 만큼 신기하지만, 저희 입장에서야 고마운 일입니다.

Q. 이 학교에서 일하기 전에도 한국에 대해 알고 있었나요?
A. 1950년대에 한국에서 전쟁이 일어났을 때 에티오피아가 참전해서 도왔다는 것은 책을 통해 알고 있었습니다. 가볼 수는 없었지만 한국 사람들도 궁금했고요.

Q. 학생들을 지도하면서 가장 중요하게 여기는 것은 무엇인가요?
A. 저는 게데오 언어를 가르치고 있습니다. 일단 제 과목에 충실하게 가르치고 동시에 아이들이 자신의 미래, 장래에 대해 생각하고 꿈을 꾸도록 가르치려고 합니다. 또 훌륭한 사람이 될 수 있도록 독려하려고 합니다.

Q. 선생님으로서 앞으로의 꿈은 무엇인가요?
A. 지금 가르치는 1학년 아이들이 10학년이 될 때까지 어떻게 자라는지 곁에서 지켜보고 싶습니다.

합타무 바자제(Habtamu Bajaze)
5학년 담임 · 수학교사

Q. 자기소개를 해주시겠어요?
A. 5학년 담임을 맡고 있고 수학을 가르치고 있습니다.

Q. 어떻게 해서 이곳에서 일하게 됐나요?
A. 이곳으로 오기 전에 짜페라는 곳에서 7학년과 8학년에게 수학과 물리를 가르쳤는데, 한별학교가 좋다는 얘기를 많이 들었어요. 이전 학교보다 보수가 좋은데다 학교 환경이 깨끗해서 마음에 듭니다.

Q. 이전에 일하던 학교와 한별학교가 다르다고 느낀 점이 있을까요?
A. 이전에 일하던 학교는 신발이 빠지는 진흙이 가득한 곳이었습니다. 부모들은 아이가 학교에 나가는 것을 원치 않았어요. 2~3일만 보내기도 했지요. 부모님이 의지를 가지고 가르치면 진짜 좋은 학생이 되거든요. 7학년이 돼도 읽거나 쓰지 못하는 아이들이 대부분이었어요. 한별학교에 왔더니 1학년이 벌써 읽고 쓸 줄 아는 모습에 놀랐습니다.

Q. 실제로 학부모들은 한별학교에 대해서 어떻게 생각하나요?
A. 학부모님들도 교장 선생님이 에티오피아에 대해 가지고 있는 마음을 잘

에티오피아의 빛나는 별

알고 있는 것 같습니다. 사실 학교에 시장님 아이들과 고위 공무원 부모의 자녀들도 다니고 있으니 그만큼 학교에 대해 좋은 인식을 가지고 있다는 얘기가 되겠지요.

Q. 학교에 바라는 점이 있나요?
A. 성적이 좋은 아이들에게 노력한 만큼의 보상이 있으면 좋겠다는 생각입니다. 물론 그런 보상이 아니라도 다른 학교에 비해 배움의 기회가 많고 아이들도 학교에 오는 걸 정말 좋아하지만요.

Q. 선생님의 꿈은 뭔가요.
A. 우선은 좀 더 열심히 공부해서 더 좋은 선생님이 돼야 하지 않을까요?

마모 테쇼마(Mamo Teshoma)

한별학교 수학교사

Q. 이곳에서 근무한 지는 얼마나 됐나요?

A. 4개월 됐습니다. 함께 일하는 부리트 선생님을 통해서 학교 일자리를 소개받아 일을 시작했습니다. 그 전에는 정교회에서 시간 나는 대로 일을 돕던 생활이어서 특별한 수입이 없었습니다만 한별학교에서 일을 시작해서 가족들이 정말 기뻐합니다.

Q. 학교에서 맡고 있는 일은 무엇인가요?

A. 1~2학년 수학을 가르치고 오후에는 도서관에서 사서로 일하고 있습니다.

Q. 학교에서 근무하는 것과 관련해 비전이 있나요?

A. 제가 하려고 하는 학업을 충분히 마칠 수 있게 되었기 때문에 공부를 하고 졸업을 하는 것이 목표이고 가족에게 경제적인 면으로 큰 기여를 하는 것이 또 다른 목표입니다. 제가 지금 가르치고 있는 학생들이 잘 배워서 추후에 고학년으로 올라갔으면 좋겠다는 자그마한 바람이 있습니다.

Q. 선생님으로서 보는 한별학교의 장점은 무엇인가요?

$\frac{1}{3}$

$\frac{2}{3}$

የተቀገረ የመስ...
ዳዊ...ገለ\ $\frac{2}{3}$
$\frac{2}{3}$ ሲካከ\ ·

2, ተጠቃዐፍ፦ ... ፉ\ገፉ\ ·
ስ\... የ...ካፉ\ ...
ይ...ፉ\ት··· እን\· የ...
... ያ\ገፉ\? ...
... በ...መቀ...በ\·
... እን\· እን\ቺ\ ...

$\frac{1}{3}$	$\frac{1}{3}$	$\frac{1}{3}$

A. 한별학교는 딜라에서도 본보기가 되는 학교입니다. 학생들 입장에서도, 선생님들이 열정적으로 잘 가르쳐주고 있기 때문에 자신의 꿈을 이루는 데 큰 도움이 될 수 있는 학교입니다. 성장 가능성이 충분하지요. 그리고 크리스천 학교이기 때문에 학생들의 정서적인 부분을 보듬어줄 수 있으므로 참 좋은 학교라고 생각합니다.

Q. 한별학교에서 일하는 것에 상당히 자부심을 느끼고 있는 듯합니다.
A. 네, 학교를 통해 배우는 것이 많습니다. 당연히 자부심을 느끼지요. 다른 학교와 비교해도 선생님들이 열정적으로 가르치는데다 권위적이지 않아서 모두들 앞장서서 행하고 서로 돕는 답니다. 배울 것이 정말 많은 곳이지요. 한별학교에서 일을 하게 되어서 정말 좋습니다. 저에게도 그리고 우리 가족에게도 좋은 곳입니다.

제게예 케베데(Zegeye Kebede)

한별학교 교사

Q. 한별학교에서 일하기 전부터 교장 선생님과 인연이 있는 것으로 압니다.

A. 이전에 SIM 소속 독일 선교사님 가정에서 3년간 지냈는데, 선교사님이 건강상의 이유로 귀국하시면서 헤어지게 되었습니다. 제가 14살 때였는데요, 마침 교장 선생님께서 선교를 위해 제가 살던 버로나 지역으로 오신다는 소식을 전해 들었고 독일 선교사 사모님께서 저희 가족을 돌봐주실 것을 부탁해주셔서 교장 선생님과 함께 생활하게 됐습니다.

Q. 한별학교에서 하고 있는 일은 무엇인가요?

A. 선생님 역할, 즉 학생들을 가르치는 것 빼고는 전부 다 합니다. 각종 행정적인 일, 학교 건축과 관련된 일 등을 담당하고 있습니다.

Q. 한별학교를 세울 때부터 함께 일을 시작했나요?

A. 그렇게 얘기해도 무방할 듯합니다. 유치원을 시작하면서 앞으로의 디자인도 그러가고 함께 미래를 내다보며 일을 해왔습니다.

Q. 학교가 많이 성장한 지금 소회가 남다르겠어요.

A. 이곳 딜라에서는 커피를 팔면 3개월 동안은 넉넉하게 지내지만 나머지 9

개월간은 가난하게 살아야 합니다. 그나마 안에서만 커피를 유통하다 보니 남는 것이 별로 없어서 미래가 없습니다. 그런데 어른들은 사고가 바뀌지 않는 것 같아요. 커피도 있고 충분히 가능성이 있는데도 말이죠. 하지만 학생들은 배우면 바뀔 수 있습니다. 한별학교가 생긴 지 불과 10년이 지났지만 벌써 딜라가 변하고 있다고 생각합니다. 이 아이들이 좋은 생각을 가지고 고정관념을 깨며 세계를 향해서 눈을 돌리고 사람들과의 긴밀한 협조 속에서 딜라가 발전하면 에티오피아가 발전하지 않을까 하는 기대와 희망을 갖게 됐습니다.

Q. 한별학교가 앞으로 어떤 학교가 돼야 할까요?
A. 사실 지금까지 한별학교가 걸어온 길은 정말 너무 험난했습니다. 정부와의 관계에 있어서도 보통 어려운 게 아니고 세금이 보통 많은 게 아니거든요. 초기에 교실 한 칸 짓기도 어려운데 많은 세금을 내야했던 때도 있었습니다. 더 좋은 학교가 되려면 똑같은 일이 반복되겠지만, 지금까지 해온 만큼 더 열심히 하고 앞으로도 더 좋은 선생님들을 모셔오며 좋은 책들도 더 많이 준비해서 학생들이 좋은 환경에서 공부할 수 있도록 노력해야겠습니다. 아이는 부모에게는 생명과 다름없는데, 그런 아이들을 맡아서 교육시킨다는 것은 정말 중요한 일이지요.

에티오피아에서 마시는 커피에는
한 잔 이상의 의미가 담겨 있다.
세상에서 가장 맛있는 커피는 노점에서 파는 커피다.
내가 에티오피아를 사랑하면서 덤으로 얻은 행복은
좋은 커피를 마실 수 있다는 것이다.

프레흐이워트 멜레세(Firehiwot Melese)
한별학교 유치원 교사

Q. 근무한 지 얼마나 되었나요?

A. 6년 되었습니다. 아와사에서 대학을 다녔고 직장생활은 이 유치원이 처음입니다.

Q. 이 학교에서 일하면서 가장 좋은 점은 무엇인가요?

A. 저희 아이들도 함께 다니는데 학비 감면도 받을 수 있는데다 이런 학교에서 우리 아이들이 배울 수 있다는 것이 정말 좋습니다. 형편이 여의치 않은 저희 같은 경우에는 학비 감면이 안 되면 학교에 보내기 쉽지 않거든요. 하나님의 큰 축복이라고 생각해요.

Q. 한별학교 유치원이 다른 유치원과 차별되는 점은 무엇이 있을까요?

A. 우선은 학교가 정말 깨끗해요. 게다가 유치원 아이들이 벌써 읽고 쓸 줄 아는 곳은 이곳이 유일합니다. 다른 곳에서는 불가능해요. 4살 정도의 나이 어린 아이들부터 받아서 가르치기 때문에 특별히 뛰어난 아이들이 아닙니다. 하지만 가르치는 선생님들도 다르지만 무엇보다도 사랑으로 지도하기 때문에 가능하다고 생각합니다. 비교할 수 없이 좋은 유치원이에요.

Q. 유치원 선생님으로서 아이들을 지도하는 데 가장 중요하게 여기는 것은 무엇인가요?

A. 아이들이 저를 선생님보다는 엄마처럼 느끼도록 사랑으로 품어 가르치고 있습니다. 노래를 가르칠 때에도, 체육을 가르칠 때에도 애들이 서로 사랑하고 사랑이 넘치는 놀이 활동, 체육 활동이 될 수 있도록 합니다. 수업할 때에도 마찬가지이고요. 제일 많이 가르치는 것은 사랑이거든요. 집에 엄마가 있지만 학교에도 또 다른 엄마가 있다고 여기도록 가르치려고 합니다.

Q. 이곳에서는 공립학교와 사립학교의 근무 환경이 어떻게 다른가요?

A. 보통 공립학교는 10개월마다 근로계약을 갱신합니다. 수업이 있는 10개월은 일을 하지만 방학이 되는 2개월은 급여를 주지 않기 위해서이죠. 지속

적으로 일을 할 수 없으니, 교육의 질이 떨어진다고 생각해요. 그런데 한 별학교에서는 방학 때라도 특별수업, 보충수업 같은 것들을 만들어서 일 할 수 있도록 해준답니다.

Q. 6년이나 일했으니 유치원 애들이 이제 4학년쯤 됐을 것 같은데, 그런 아 이들을 보면 어떤 느낌이 드나요?

A. 에티오피아에서는 보통 유치원에서 3년을 가르쳐요. 아주 어릴 때 왔지 만 잊을 수 없는 선생님으로 기억하는 것 같아요. 그 사이에 선생님들을 많 이 만났을 텐데도 여전히 저를 보면 "안녕하세요!" 하고 와서 인사하 달려 와서 안아주기도 합니다. 여전히 가까운 관계로 잘 지내고 있어요.

데브리투 알레무(Debirtu Alemu)
한별학교 유치원 교사

Q. 근무한 지는 얼마나 되었어요?
A. 19살부터 여기서 일하기 시작해서 8년 됐습니다.

Q. 어떻게 해서 이곳에서 일을 시작했나요?
A. 원래는 딜라에서 27km 정도 떨어진 불레라는 지역에서 15살 때부터 보조교사로 일을 했습니다. 그러다 19살 때 먼저 여기서 근무하던 다른 선생님을 통해서 소개받아 지원서류를 접수하고 일을 시작하게 됐습니다.

Q. 이전과 근무 환경은 어떻게 다른가요?
A. 불레에서는 유치원에서 일했는데, 여전히 거기는 8년 전과 똑같은 상황이에요. 발전이 없습니다. 그런데 한별학교는 제가 처음 왔던 때는 비슷했지만 지금은 상상도 못할 만큼 발전하고 성장했습니다. 학교 시설 면에서 보면 컴퓨터도 갖춰지고 유치원에서는 아이들이 TV나 비디오를 보면서 수업을 하니까요. 도서관도 생겼고 다양한 교재들이 꾸준히 채워지고 있습니다. 교실이 한 칸씩 늘어나고 3~4년 전에는 건물을 지으면서 규모도 커지고 운동장도 있고요. 이건 에티오피아에서는 놀라운 일입니다. 개인적으로는 제가 처음 보조교사로 일을 시작할 때 200비르를 받았는데, 지금은 1,400

비르를 받고 있으니 스스로에게도 정말 놀란답니다.

Q. 한국인들이 청결이나 주변 정리정돈을 강조하는데, 그런 점이 힘들지는 않은가요?

A. 전혀요. 오히려 학교가 깨끗하고 너무 좋은 것 아닌가요. 돌이나 풀 같은 것도 신경 써서 정리하지만 청소를 하는 것은 당연하니까요. 정부에서 지원을 받는 공립학교에서도 학교 환경 정리에는 소홀한데, 한별학교는 그런 작은 부분까지 챙깁니다.

Q. 이곳에 와서 보니 학생들도 다른 학교 학생들과 좀 다른 것 같아요.

A. 기본적인 품성도 중요하지만 기본예절 교육도 한답니다. 무엇보다도 다른 학교 아이들과 비교해보면 학업 성취도가 높습니다. 가끔 이 학교를 다니다가 전학을 가는 학생들이 있는데, 우리 학교에서 30등을 하던 친구가 다른 학교에서 1~2등을 하는 경우가 많습니다. 그만큼 우리 학교 학생들이 공부 잘하고 똑똑한 아이들로 성장하고 있습니다.

Q. 선생님으로서 한별학교의 비전은 무엇이라고 생각하는지요?

A. 지금은 10학년까지밖에 없지만 앞으로 11학년, 12학년, 또 여러 가지 직업학교나 단기 대학도 열고 대학교까지 성장했으면 좋겠습니다. 저 역시 이 학교에서 가르치면서 교사로서 전문가가 되고자 하는 비전이 있습니다.

트흐트나 데미세(Thitina Demisse)
한별학교 8학년

Q. 한별학교에는 언제부터 다녔나요?

A. 베델이란 곳에서 유치원부터 4학년까지 다녔습니다. 그 뒤 한별학교로 전학을 왔고요. 거기서는 그저 학교와 집만 왕래하는 식이었습니다. 한별학교에는 프로그램이 많고 선생님들의 수준도 높으며 학교 자체가 굉장히 깨끗해서 놀랐습니다.

Q. 함께 공부하는 학생들 분위기는 어떤가요?

A. 별 차이는 없습니다. 한별학교는 학생들이 공부를 할 수 있도록 교재 같은 것들을 잘 준비해주기 때문에 나중에 학생들의 수준 차이는 생기는 것 같습니다.

Q. 다른 학교를 다니는 친구들이 한별학교에 오고 싶어 하나요?

A. 일반적으로 공립학교에 다니는 친구들은 다들 사립학교에 다니고 싶어 하지요. 아쉽게도 한별학교에 오더라도 10학년까지밖에 없기 때문에 그 이후에는 다른 학교로 가야 하는 불편함이 있습니다. 그래도 친구들은 저희 학교로 오고 싶어 합니다.

Q. 한별학교에 다니면서 가장 좋은 점 한 가지를 꼽는다면요?
A. 공부할 수 있는 책이 많고 다른 학교는 고등학교부터 컴퓨터를 배우는데 한별학교에서는 5학년 때부터 컴퓨터를 배울 수 있어서 좋습니다. 수업이 끝나면 다른 학교에선 아이들이 각자 놀거나 집에 가지만 이 학교는 5시까지 도서관을 개방해서 학생들이 공부할 수 있도록 해줍니다. 또 특별반을 운영하면서 학생들을 그룹으로 지도해주는 것도 정말 좋습니다.

Q. 장래 희망은 무엇인가요?
A. 지금의 목표는 의사입니다.

Q. 가장 좋아하는 과목은요?

A. 수학, 화학, 생물, 물리를 좋아합니다.

Q. 부모님과 장래에 대한 이야기를 많이 나누나요?
A. 부모님 두 분 모두 공부를 잘 하셨다고 합니다. 그래서인지 제 학업에 대해 관심이 많으세요. 대화도 많이 하고 지도도 해주십니다.

Q. 한국 사람들이 먼 이곳까지 와서 왜 학교를 운영하는지 생각해본 적이 있나요?
A. 한국 역시 과거에 나라가 어려웠던 때가 있었기에 다른 나라의 어려움을 잘 알아서가 아닐까요. 물론 에티오피아가 오래 전에 한국을 도왔고 거기에 대한 보은의 마음도 있다고 알고 있습니다. 무엇보다도 한국이 많이

성장한 만큼 다른 나라를 도울만한 능력이 되기 때문에 가능한 일이라는 생각입니다.

Q. 공부를 해서 유학을 가고 싶은 마음이 있나요?
A. 기회가 주어진다면 당연히 세계로 나아가 많은 것을 배우고 더 많은 기회를 얻고 싶습니다.

Q. 자신에게 한별학교란 어떤 의미인가요?
A. 집에서는 부모님과 형제들이 제가 좋은 길로 가기를 원하고 도와주십니다. 학교에서도 마찬가지로 선생님과 친구들이 저를 도와주고 격려해주지요. 그런 점에서 한별학교는 제게 집이나 다름없습니다.

한나 아마레(Hanna Amare)
한별학교 8학년

Q. 나이가 어떻게 되나요?
A. 16살이에요.

Q. 한별학교에는 언제부터 다녔나요?
A. 유치원 때부터니까 지금 9년째 한별학교에 다니고 있습니다. 여동생이 셋 있는데 아직 두 살밖에 안 된 막내를 제외한 여동생 두 명도 이 학교에 다니고 있어요. 특별히 학비를 면제받거나 하진 않습니다.

Q. 어떤 과목을 제일 좋아하나요?
A. 생물, 수학, 물리를 가장 좋아합니다.

Q. 커서 뭐가 되고 싶어요?
A. 의사가 되고 싶어요.

Q. 의사가 되고 싶은 이유가 있나요?
A. 산모와 유아에 관심이 많답니다. 에티오피아뿐만 아니라 아프리카 전체로 볼 때에도 가장 보호받아야 할 사람이 산모와 이제 막 태어난 아이들인

데, 그런 사람들이 열악한 환경에 처한 모습을 보면 돕고 싶습니다.

Q. 의사가 되는 것은 결코 쉽지 않은데, 공부는 열심히 하고 있어요?
A. 저의 친아빠는 돌아가셨고 엄마는 재혼해서 지금은 새 아빠와 생활하고 있어요. 엄마는 선생님이고 새 아빠는 부대에서 관리하고 지도하는 일을 하고 계십니다. 이런 시골 딜라에서 공부해서 의사가 되기 쉽지 않다는 것은 충분히 알고 있어서 열심히 공부하고 있습니다.

Q. 가고 싶은 대학에 대해서도 알아보거나 했나요?
A. 바하르다르 대학교는 굉장히 거룩한 성지가 많은 학교인데, 그곳에서 공부하고 싶습니다. 그밖에는 아와사나 아디스아바바에도 가고 싶고요. 기회가 된다면 굳이 에티오피아가 아닌 다른 나라에서 좀 더 좋은 교육을 받고 싶습니다.

Q. 영어를 잘하나요?
A. 조금 합니다.

Q. 한나는 공부를 잘해서 학교에서 기대를 많이 하는 학생이라고 들었어요.
A. 유치원부터 지금까지 이 학교를 다니는 동안 많은 외국 손님들이 오시면 저에게 열심히 공부하라고 좋은 말씀을 많이 해주세요. 그런데 외국 손님들도 국적에 따라서 말씀해주시는 게 조금씩 다릅니다. 특별히 한국에서 오신 분들은 장래에 대한 희망을 갖도록 해주고 비전이 분명한 얘기들을 많이 해주세요. 물론 에티오피아의 환경이 계속 바뀌고 있지만 저희에게 길을 제시

하고 가르쳐주는 얘기들을 많이 해주십니다. 그래서 이렇게 시골에 살지만 세계 속에서 어떤 삶을 펼쳐나갈지 꿈을 꾸고 또 어떻게 그 꿈을 이뤄갈지에 대해 생각을 많이 하게 됩니다. 한별학교는 그런 제가 좀 더 체계적으로 공부할 수 있도록 기회를 주는 좋은 배움의 자리, 비전을 제시받는 장소라고 생각합니다.

Q. 한별학교에 다녀보니 어떤가요?
A. 학생인 제가 학교가 추구하는 방향 같은 것은 알 수 없지만 함께 학교에 다니는 친구들이 성적도 좋고 잘 배워가고 있다는 생각은 듭니다. 많이 배워서 사회에서 쓰임 받는 사람이 되면 좋을 테고요.

Q. 해외여행의 기회가 있다면 가장 가보고 싶은 나라는 어디인가요?
A.. 우선은 가능하면 한국에 가보고 싶어요. 그 다음으로는 미국. 발전된 나라를 보면서 우리나라도 그렇게 발전했으면 하고 바라는 마음이 있어서 가보고 싶습니다.

Q. 한국이나 미국 같은 다른 나라에 가게 되면 가장 보고 싶은 것은 어떤 것인가요?
A. 먼저 의과대학이나 좋은 병원의 시스템들은 어떻게 되어 있는지 알고 싶어요. 어떻게 공부해서 어떤 과정을 거쳐 의사가 되고 병원에서는 어떤 식으로 근무하는지 궁금합니다. 또 한국에 가게 되면 한국의 역사나 발전 과정을 배우고 싶어요. 박물관에도 가보고 싶고요.

Q. 한국 음식을 먹어본다거나 한국 문화를 접해본 적이 있나요?

 에티오피아의 빛나는 별

A. 학교에서 견학으로 수도인 아디스아바바에 가서 한국 식당에 가봤습니다. 잡채를 비롯한 여러 가지 음식을 맛보고 밥도 먹어보고요. 그 중에서는 떡볶이가 가장 맛있었어요.

Q. 한국에 갈 수 있는 기회가 되면 좋겠네요. 더 많은 문화를 접하고 새로운 비전을 세울 수 있는 기회가 될 거라 생각합니다. 오늘 좋은 이야기 고마웠어요. 앞으로 한나가 계획한 대로 좋은 의사가 될 수 있기를 바라봅니다.
A. 고맙습니다.

솔로몬 쉬베라(Solomon Shibera) 가족
한별학교 학부형과 학생

Q. 아빠가 생각하는 한별학교는 어떤 학교인가요?

A. 솔로몬 쉬베라(아빠): 큰애는 유치원 때부터 지금까지 10년을 다니고 있고 둘째는 지금까지 7년을, 막내는 2년째 다니고 있습니다. 학교가 처음 생길 때부터 지금까지 봐왔는데, 계속 발전하고 있고 주변의 학부모들 모두 하나같이 좋은 학교라고 칭찬합니다. 학교가 좋으니까 계속 아이들을 한별학교에 보내고 있는 것입니다.

Q. 한별학교는 한국의 방송에서도 소개되어 한국 사람들도 관심을 갖는 학교입니다. 아빠가 보기에 아이들은 학교에 만족하는 것으로 보이나요?

A. 솔로몬 쉬베라(아빠) : 저 역시 부모된 입장으로 남과 비교해서 결코 부족하지 않게 아이들을 사랑하고 지원해주고자 합니다. 당연히 좋은 학교에 보내주고 싶고요. 해마다 여기저기서 많은 학교에 대한 얘기를 듣지만 한별학교가 그 중에서도 좋은 학교이기 때문에 아이들을 보내고 있답니다. 물론 아이들도 만족하고 있고요.

Q. 한별학교에 다니는 것이 즐거운가요?

A. 베들레헴 솔로몬(첫째): 네, 즐거워요.

Q. 다른 학교에 다니는 친구들은 어떻게 생각하나요?

A. 베들레헴 솔로몬(첫째) :한별학교에 다니는 것을 부러워해요. 어떻게 이 학교에 다닐 수 있게 됐는지 궁금해하고 물어보는 친구들도 있습니다.

Q. 둘째가 공부를 잘한다고 선생님들이 얘기하던데, 공부는 재밌나요?

A. 요르다노스 솔로몬(둘째) :선생님들께서 잘 가르쳐주시고 저 역시 딴 짓 하지 않고 수업 잘 듣고 복습도 해가면서 열심히 하려고 합니다.

Q. 장래 희망은 무엇인가요?

A. 요르다노스 솔로몬(둘째) :의사요!

Q. 의사가 되기 위해선 굉장히 공부를 열심히 해야 하는데, 자신 있어요?

A. 요르다노스 솔로몬(둘째) :당연히 충분히 해낼 수 있습니다.

Q. 의사가 되려는 이유가 있나요?

A. 요르다노스 솔로몬(둘째) :어려움을 겪는 사람이 많기 때문에 그 사람들을 도와주고 싶은 마음에 의사가 되고 싶은 것입니다.

Q. 학교에서 어떤 선생님이 제일 좋아요?

A. 요르다노스 솔로몬(둘째) :전에는 테셀라라는 5학년 때 선생님을 좋아했었는데, 선생님이 이제 일을 안 하셔서 지금은 화학을 가르치시는 메세르 선생님이 좋습니다.

Q. 첫째는 어떤 과목을 가장 좋아하나요?

A. 베들레헴 솔로몬(첫째) : 생물과 과학을 좋아합니다.

Q. 장래 희망이 무엇인가요?
A. 베들레헴 솔로몬(첫째): 의사요!
A. 솔로몬 쉬베라(아빠): 아이들 꿈은 스스로 결정해야죠. 아이들이 꿈꾸는 것을 최대한 지원해주려 합니다.

Q. 의사가 되려면 공부를 정말 많이 해야 하는 것 역시 잘 알고 있지요?
A. 베들레헴 솔로몬(첫째) : 열심히 하고 있습니다. 등수가 안 올라서 문제이지만요, 하하.

Q. 오늘 인터뷰 한 내용들이 책으로 나올 거에요. 그런데 공부를 열심히 안 하면 거짓말을 한 것이 되는데, 자신 있어요?
A. 베들레헴 솔로몬(첫째): 열심히 해볼 거에요.
A. 솔로몬 쉬베라(아빠): 책이 나온다면 너무 기쁠 것 같습니다. 저희가 한 얘기가 이 한별학교의 모습과 함께 보여질 텐데, 이를 계기로 많은 한국 사람이 에티오피아의 학교를 돕는 좋은 일들이 많아졌으면 좋겠습니다.

Q. 학부형으로서 한별학교에 바라는 점이 있을까요?
A. 솔로몬 쉬베라(아빠): 학교가 더 좋아지길 바랍니다. 좋은 학생들을 잘 선발해서 그 학생들을 대상으로 특별반을 만들어 더 전문적으로 가르치면 더 좋은 학생들을 발굴하고 키워낼 수 있지 않을까 생각합니다. 아직 열심히 공부하는 학생들에게는 책이 많이 부족한 상황입니다. 에티오피아에서 구할 수 있는 책이 너무 부족하기 때문에 밖에서 좋은 책들이 많이 들어와서

학생들의 학업 여건이 나아지면 좋겠습니다. 또 한별학교만으로는 불가능하기 때문에 딜라에 있는 교육청과 연계해서 좋은 책들을 많이 개발하고 학생들에게 많은 책을 소개해주면 더 좋은 학교가 될 수 있지 않을까 하는 생각을 하고 있습니다. 해마다 새로운 학생들이 많이 들어오는데, 6학년 정도 되면 좀 똑똑한 학생들을 선발해서 받으면 학교가 더 발전할 수 있지 않을까 생각도 합니다. 저학년은 기본 교육의 혜택을 받아야 하겠지만 고학년이 되면서는 똑똑한 학생들을 대상으로 조금 더 전문적인 내용을 가르치는 것도 좋으리라고 봅니다.

워르쿠 듀베(Werku Dube) 가족

한별학교 학부형 회장, 암마누엘 아버지

Q. 아빠가 자녀들을 한별학교에 보내는 특별한 이유가 있나요?

A. 워르쿠 듀베: 역시 좋은 학교라서 한별학교를 선택했습니다. 학생들의 학업 성취도도 좋은 것으로 알고 있고요. 저도 처음에는 암마누엘을 돈보스쿨이란 학교에 보냈는데, 거기서는 성적이 좋지 못했습니다. 한별학교로 전학하고 나서는 1학년부터 10학년까지 계속 우등생으로 공부하고 있습니다.

Q. 아이들이 한별학교에 다니면서 행복하고 만족해하나요?

A. 워르쿠 듀베: 아이들이 학교에 다니는 것을 굉장히 즐거워하고 좋아합니다. 암마누엘은 8학년 때 페데라렐까지 가서 상도 받았고요. 전 아이가 여섯으로 그 중에 넷만 한별학교에 보내고 나머지 둘은 공립학교에 보내고 있는데, 그 둘도 이 학교로 옮겨주고 싶은 마음이 굴뚝같습니다. 아직은 학비를 감당할 수가 없어서 안타깝습니다.

Q. 한별학교가 이곳 딜라 지역에서 어떤 역할을 하고 있다고 생각하나요?

A. 워르쿠 듀베: 처음에는 한별학교를 이해 못했습니다. 그런데 이제는 공무원들이 한별학교를 이해하고 한별학교가 추구하는 교육 방향이나 이념 등에 대해서도 알게 되면서 평판이 점점 좋아지고 있습니다.

Q. 암마누엘은 이제 학년이 올라가서 한별학교가 아닌 다른 학교로 가야 할 텐데요, 어떤 기대를 갖고 있나요?

A. 암마누엘 워르쿠: 한별학교 학생들은 선생님께 질문을 참 많이 하는데, 다른 학교 학생들은 선생님을 좀 무서워하는지 질문을 잘 하지 않습니다.

Q. 그 이유가 어디서 오는 것이라고 생각하나요?

A. 암마누엘 워르쿠: 전 한별학교에서 항상 자신감을 갖도록 가르침을 받았

습니다. 선생님들이 학생들과 항상 교감을 잘 하시고요. 그런 점들이 학생 개인이 자신감을 갖도록 해주는 것 같습니다. 또 한별학교에서는 일주일에 한 번씩 쪽지 시험을 보고 일 년에 네 번씩 시험을 봅니다. 그런데 다른 학교는 일 년에 한 번 시험을 보는 정도입니다. 주말마다 시험을 보고 또 숙제를 하는 생활이 쌓여서 공부에 있어서도 자신감을 갖게 됐습니다. 당시에는 별것 아닌 일들이라고 생각했는데 굉장히 도움이 됐습니다. 학교에서 운영하는 도서실도 도움이 됐고요.

Q. 동생이 이제 학생이죠? 이름이 뭐예요?
A. 스무스 쉬만느 까르키다 오로쿠입니다.

Q. 지금 몇 학년인가요?
A. 스무스: 한별학교에는 1학년부터 다녀서 지금 10학년입니다.

Q. 다른 학교를 다니다 중간에 전학 오면 달라진 환경이 부담이 될 수도 있을 텐데, 어땠어요?
A. 스무스: 처음엔 담임선생님이 영어, 수학, 다른 과목까지 다 지도하셨는데, 그게 참 불편했습니다. 지금은 과목이 나뉘어 있어서 좋고요. 5학년 때부터는 컴퓨터를 배우고 있는데, 도움이 많이 됩니다.

Q. 가장 좋아하는 과목은 어떤 건가요?
A. 스무스: 생물을 좋아합니다.

Q. 10학년까지 졸업하고 마무리는 못 짓는다는 아쉬움이 있을 것 같아요.

11, 12학년까지 못하는 것에 대해서.

스무스: 열었으면 좋겠어요.

Q. 한국 사람들에게 한별학교를 소개한다면 어떻게 얘기할 수 있을까요?

A. 스무스: 한별학교는 한국 사람들이 세운 크리스천 학교로 정말 좋은 학교라고 말씀드리고 싶습니다.

암마누엘 워르쿠: 한별학교는 제게 어머니나 마찬가지랍니다. 아무것도 모를 때, 글씨도 모르고 친구도 없고 어떻게 가야할지 모르는 그때에 한별학교에 들어와서 친구에 대해서도 배웠고 언어도 배웠고 태권도도 배웠습니다. 정말 도움을 많이 준 곳이 한별학교입니다. 선생님이 컴퓨터도 가르쳐주셔서 정말 잘 배웠습니다. 문서 작성하는 법부터 파워포인트 다루는 법도 다 배웠습니다. 또 한 번씩 한국에서 여러 선생님들이 오시면 그때 제 삶을 어떤 방향으로 이끌고 나가야 할지 좋은 얘기를 많이 들었습니다.

Q. 앞으로의 꿈은 어떤 것인가요?

A. 암마누엘 워르쿠: 의사가 되고 싶습니다. 정말 에티오피아는 지식이 부족해 많은 사람이 고통을 받고 있으니까요. 에티오피아 안에서만 일하는 게 아니라 더 넓은 아프리카 여러 나라에서 사회에 공헌하는 그런 의사가 되고 싶습니다.

스무스: 저 역시 의사가 되고 싶습니다.

Q. 이건 다른 얘기인데, 아빠와는 친하게 지내나요?

A. 암마누엘 워르쿠: 아버지를 정말 좋아합니다. 돈이 많아도 자식들을 사립학교에 보내지 않는 부모도 많은데, 저희 아버지는 적은 월급으로 저희를

에티오피아의 빛나는 별

사립학교에 보내주십니다. 결코 쉽지 않을 텐데 이렇게 해주신 것에 정말 감사하게 생각하고 있어요. 아버지는 배운 사람만이 나라와 세상을 변화시킬 수 있다는 확고한 신념을 가진 분이시거든요.

스무스: 오빠와 마찬가지로 저도 아빠를 정말 좋아합니다. 제가 필요한 것들을 다 채워주고 자신은 하고 싶은 것도 안 하면서 우리를 위해서, 자식들을 위해서 다 해주는 아버지세요.

Q. 그렇다면 아빠에게 암마누엘은 어떤 아들인가요?
A. 워르쿠 듀베: 암마누엘은 처음에 돈보스쿨 다닐 때 굉장히 개구쟁이였고 너무 성격이 급해서 어떻게 키워야 하나, 앞으로 문제라도 일으키면 어떻게 하나 걱정을 많이 했는데, 한별학교에 가서부터는 성실히 공부하고 교회 안에서 잘 자라주고 있어서 기쁘고 행복합니다. 아이가 여덟입니다만 아이들 모두 각자 자기 일을 척척 알아서 해주고 엄마가 필요로 할 때에는 나서서 도와주며, 여기에 공부까지 열심히 하는 좋은 아이들입니다.

메코넨 고다나(Mekonen Godana) 가족
학부모 운영위원과 학생

Q. 메코넨 씨는 한별학교와 관련해 어떤 역할을 하시나요? 간략한 설명 바랍니다.

A. 메코넨 고다나: 4년 전부터 지금까지 학교 운영위원으로 좋은 한별학교를 만들기 위해서 힘을 보태고 있습니다. 현재 하는 일은 동사무소에서 재정 담당 공무원이며 2남 2녀를 둔 가장입니다. 17살 어린 아내(멘베르 타메네, 38세)와 행복하게 좋은 가정을 이루면서 살고 있습니다.

Q. 학교 운영위원은 보통의 학부모와 다른 입장일 것 같습니다.

A. 메코넨 고다나: 지금까지 학교 운영위원으로 학교 운영에 참여하면서 주변 사람들과 주변 단체들로부터 한별학교는 참 좋은 학교라는 말을 많이 들었습니다. 좋은 학교란 단순히 학교가 좋다는 데서 그치지 않고 학교 주변의 사람들도 돕고 가난한 아이들에게도 배움의 기회를 제공하는 등 학교 본연의 임무 외에 여러 봉사를 하고 있어서가 아닌가 합니다. 교장 선생님이 학교를 위한 좋은 비전을 가지고 있고 학부모들과 학생들이 한마음으로 학교를 위해 애쓰고 있기 때문에 점점 한별학교가 좋은 학교로 성장하고 있다는 생각입니다.

Q. 딸 힐리나는 한별학교가 첫 번째 학교인가요?

A. 힐리나 메코넨: 1학년부터 다녀서 이제 5학년입니다.

Q. 친구들은 한별학교에 대해서 어떤 얘기를 하나요?
A. 힐리나 메코넨: 좋은 학교라고, 우리 학교 좋다고 자랑합니다.

Q. 힐리나는 학교의 어떤 점이 자랑스러운가요?
A. 힐리나 메코넨: 스쿨버스도 있고, 도서관도 2개나 있고, 도서관은 저희가
공부할 수 있는 충분한 시간도 주잖아요. 또 저희가 공부할 수 있도록 좋은
환경을 마련해주시니 정말 좋습니다. 그리고 밥 먹을 곳도 많아요. 그늘도

많고. 그래서 재밌게 밥 먹을 수도 있지요. 다른 학교는 풀숲에 가서 밥을 먹어야 하거든요. 그 하나만으로도 자랑거리가 돼요.

Q. 힐리나는 선생님들이 모두 마음에 들어요?
A. 힐리나 메코넨: 우리 한별학교 선생님들은 전혀 문제가 없어요. 최선을 다해 잘 가르쳐주십니다.

Q. 친구들과 선생님 흉도 보고 그러지 않아요?
A. 힐리나 메코넨: 전혀요. 그런 이야기는 잘 안 합니다. 우리 선생님들은 다들 열심히 하시기 때문에 흉을 볼 이유가 없는 걸요.

Q. 어떤 과목을 가장 좋아해요?
A. 힐리나 메코넨: 자연 과학, 윤리, 과학입니다.

Q. 장래에 어떤 사람이 되고 싶어요?
A. 힐리나 메코넨: 의사가 되고 싶어요.

Q. 왜 의사가 되고 싶은지 말해줄래요?
A. 힐리나 메코넨: 에티오피아에는 아픈 사람이 많고, 특히 에이즈 환자가 많은데, 그 환자들을 돕고 싶어서 의사가 되고 싶어요.

Q. 의사가 되려면 정말 공부를 많이 해야 하는데, 공부 열심히 하고 있어요?
A. 힐리나 메코넨 : 지금 정도로는 충분하지 않은 것 같아요. 앞으로 더 열심히 배우고 익히겠습니다.

Q. 한별학교에서는 공부 잘하는 학생을 많이 후원해주는데, 알고 있어요?

A. 힐리나 메코넨: 아직은 5학년밖에 안 돼서 그런 얘기는 잘 몰라요. 그래도 후원을 받을 수 있다면 정말 기쁠 것 같아요.

Q. 만약 힐리나가 한별학교가 아닌 다른 학교를 다녔으면, 지금처럼 공부를 더 잘했을까요?

A. 힐리나 메코넨: 어느 학교에서든 성적은 좋지 않을까요? 제가 공부를 열심히 하면 되기 때문에 어디서든지 어느 학교를 다니든 성적이 좋았을 거라 생각합니다.

비르하누 비에레(Birhanu Birre) 가족
학부모와 특별학급 학생

Q. 아버지께서 생각하는 한별학교는 어떤 학교인가요?

A. 비르하누 비에레: 저도 크리스천이어서 한별학교가 크리스천 학교라는 점이 우선 좋습니다. 전에는 아이가 다른 학교에 다녔는데, 한별학교에 보낸 이후로 공부도 더 열심히 하고 더 잘 배우며, 더 좋은 아이들로 잘 자라게 해주셔서 감사합니다. 더 좋은 학교로 발전하기를 지금도 기도하고 있습니다.

Q. 아이가 어떻게 성장하기를 바라나요?

A. 비르하누 비에레: 지금까지는 하나님께서 우리 자녀들을 잘 키워주셨다고 생각해요. 또 한별학교를 통해서 우리 아이들을 더욱 성장시켜 주셔서 감사하답니다. 앞으로 이 아이들이 잘 성장해서 이 나라를 위해 일하고 이 나라 모든 사람에게 꼭 필요한 사람이 되었으면 하는 바람뿐입니다. 하나님께는 영광이 되고 사회에는 좋은 영향을 끼치는 사람이 되길 바라는 게 부모 마음이겠지요.

Q. 어머니가 보기에 아이가 한별학교로 전학 온 뒤에 달라진 점이 있나요?

A. 제나 쉬예레: 아이가 이전에는 돈보스쿨를 다녔는데, 2학년 때 한별학교

로 전학을 왔어요. 어릴 때에는 다 비슷하지 않을까 싶지만 부모 입장에서 꼼꼼하게 살펴본다면, 그전 학교에서는 애가 잘 배우고 있는지, 학교가 잘 가르치고 있는지 별로 학교에 신경 안 썼어요. 아이도 별로 공부에 취미가 없어 보이고. 그랬는데 한별학교로 옮기면서는 학년이 올라갈수록 성적도 좋아지고 좋은 품성으로 잘 자라는 것을 보고 한별학교가 좋은 곳이라고 느끼게 됐습니다. 주변 사람들도 많이 물어보는데, 기왕 학교 보낼 거면 한별학교를 보내라고 말합니다.

Q. 아빠가 생각하기에 학교는 공부만 잘 가르치면 되는 걸까요? 아니면 공

부보다 더 인간 됨됨이, 그러니까 사람 됨됨이를 잘 가르치는 게 중요할까요?

A. 비르하누 비에레: 어려운 문제네요. 사실 두 가지 다 중요하고 두 가지 다 가르쳐야 하는데. 뭐, 지식이 먼저냐, 사람의 어떤 됨됨이가 먼저냐, 그것은 어려운 질문이고. 제 생각은 두 개 다 똑같이 학생들은 배우고 선생님은 가르쳐야 할 부분이라고 봅니다. 학교가 반드시 잊지 말고 견지해야 할 두 가지 모습이라고 생각합니다.

Q. 다른 학교 다니다가 한별학교로 왔는데, 뭔가 다르다고 느낀 게 있어요?

A. 아쉬나티 비르하누: 이전의 학교를 다닐 때에는 성적도 별로 좋지 않았고 스스로에 별로 만족하지 못했습니다. 그런데 한별학교에 오고 나서는 학교를 통해서 정확하고 분명한 교육을 제대로 받으니까 우선 성적이 좋아졌어요. 작년에도 7등까지 했고 부모님도 좋아하세요. 스스로가 변화하고 성장하는 모습을 보니까 가족도 기뻐하고 저도 기쁘고 모든 게 만족스럽습니다. 돈보스쿨은 센터를 중심으로 해서 전체적으로 학생들을 아우르고 관리하며 교육하는데, 한별학교는 학생 한 사람 한 사람을 일일이 체크하며 가르치니까 학생들이 하나같이 더 좋은 학생들로 성장하고 제 자신도 그렇게 성장하면서 지금까지 오지 않았나 생각합니다.

Q. 장래 희망은 뭐예요?

A. 아쉬나티 비르하누: 제가 꿈이 많습니다. 그 중에서 먼저는 의사가 되길 바라고, 의학을 기본으로 점차 하나씩 하나씩 더 배워가고 익히면서 과학 분야에서 연구해서 사회에 공헌하고 싶은 마음이 있습니다.

Q. 가장 즐겁고 흥미롭다고 느끼는 과목은 어떤 거예요?
A. 아쉬나티 비르하누: 물리입니다.

Q. 아쉬나티에게 아버지는 어떤 분인가요?
A. 아쉬나티 비르하누: 아빠는 최선을 다해서 저를 키워주셨고 지금도 좋은 마음으로 품어주시며 사랑해주시는 최고의 아빠입니다. 아빠를 향해서 바라는 것은 아빠가 늘 즐거운 마음으로, 건강한 몸으로 사시는 것이에요. 저도 얼른 성장해서 좋은 직장을 얻고 안정적인 환경이 되면 동생을 아빠와 같은 마음으로 잘 돌봐야겠다고 생각합니다. 그게 제가 아빠를 위해 해드릴 수 있는 일이고 제 마음입니다.

Q. 엄마와는 친밀한가요?
A. 아쉬나티 비르하누: 엄마를 정말 사랑합니다. 나이 드셔도 늘 건강하시고 오래오래 사셨으면 좋겠어요. 지금까지는 엄마 아빠가 저를 키워줬지만, 제가 공부를 열심히 해서 학교를 잘 마치고 좋은 직장을 얻어서 정착하면 그때부터는 제가 우리 부모님을 잘 보살펴드려야겠다고 생각하고 있습니다.

Q. 역시 엄마에게 큰 아들은 의지가 되지요?
A. 제나 쉬예레: 제 아이라서 드리는 말씀이 아니라 저에게도, 다른 주변 사람에게도 잘하는 심성 착하고 좋은 아이입니다. 그래서 사람들에게 사랑받고 칭찬받는 아이이기도 하지요. 지금도 공부 열심히 하고 있지만 앞으로도 지혜롭고 똑똑한 아이로 잘 성장해주길 바라는 마음뿐입니다.

비니얌 워르크네흐(Biniyam Workneh)
한별학교 8학년

Q. 꿈이 뭐예요?

A. 수상이 되고 싶어요.

Q. 수상? 수상은 왜 되고 싶은 거죠?

A. 지금까지는 나라가 잘 발전하고 있는 것 같지도 않고 비리도 많으며 나라가 엉망인 것 같으니 제가 이 나라의 리더가 돼서 이 나라를 잘 발전시키고 똑바로 세우고 싶답니다. 그래서 정치가가 돼야겠다고 생각합니다. 이 나라 정부 공무원들이 일을 열심히 하긴 하지만 다양한 종교 간의 분쟁도 많으며, 이런 가운데 균형 잡힌 발전을 하기는 어렵거든요. 좀 조심스러운 이야기이지만 한 종족 중심으로 나라를 이끌어가니까 못사는 지역은 여전히 못살고 가난한 사람은 계속 가난합니다. 리더는 지역과 관계없이 다 아울러서 발전시킬 수 있는 능력이 있어야 하는데, 그렇지 못하니까요. 가난한 사람들은 여전히 가난하고 잘사는 사람들은 여전히 잘살고. 공무원들이 열심히 하지만 소신 있고 균형 잡힌 발전을 위해서는 지혜가 필요하다고 생각했습니다.

Q. 다른 학교에서 전학을 왔지요?

이전 학교와 어떤 점이 다른가요?

A. 한별학교에 오기 전에는 평균 점수가 79점 정도였어요. 이제는 환경도 좋아지고 선생님들도 열심히 수업을 해준 덕분에 평균 96점 정도 됩니다. 한별학교가 딜라에서 가장 좋은 학교라고 생각합니다.

Q. 전교에서 1~2등을 한다고 들었는데, 한별학교에서 가장 마음에 드는 점은 무엇인가요?

A. 제 생각에 우리 학교가 특별히 자랑할 만한 것은 컴퓨터 수업이라고 생각합니다. 이 지역에서 컴퓨터를 배울 수 있는 곳이 거의 없는데, 컴퓨터 공부를 통해서 어디서든지 못할 게 없겠구나 하는 것을 배웠습니다. 시골이지만 아와사나 아디스아바바 혹은 다른 지역에 가더라도 컴퓨터 세계를 아는 상황에서 뭔들 못 배우겠어요. 한국어도 배우고 있으니 앞으로 단순히 에티오피아에 머무르지 않고 세계를 향해 달릴 수 있는 기회를 얻게 되어서 특별히 좋은 것 같습니다.

Q. 한별학교를 다니지 않는 친구들과 학교 얘기를 나누기도 하나요?

A. 많은 친구에게 학교를 자랑합니다. 제가 학교에 대한 프라이드를 가지고 있다고요. 전에는 베드리안 학교를 다녔었는데, 그때부터 알고 있는 친구들에게 종종 이야기합니다. 우리 선생님들은 제시간에 들어와서 수업을 충실히 다 가르치고 각 과목의 진도를 마지막까지 다 마친다고요. 그리고 끝나면 다른 참고자료들을 통해서 가르쳐주신다고 얘기해줍니다. 이런 수업 환경과 학교 내에서 재능을 개발하도록 돕는 다양한 프로그램들이 있어서 학생의 재능을 잘 개발시켜 주는 학교라고 이야기하면, 친구들이 정말 학교가 그렇게 해주냐며 구경을 오기도 하고 부모님에게 얘기해서 전학을 오려고

하는 친구들도 많습니다.

Q. 가장 좋아하는 과목은 어떤 거예요?
A. 전 과목이 모두 좋습니다만, 그 가운데서는 일반 과학, 자연, 물리나 화학을 좋아합니다. 물론 영어와 수학도 좋고요. 다만 여기서는 공용어를 배우고 지역 언어도 따로 배워야 합니다. 시내 학교에 다니는 아이들은 그렇지 않은데, 상대적으로 두 가지를 다 배워야 해서 힘들기도 합니다.

Q. 비니얌이 보기에 한국인 선생님이 에티오피아 선생님과 다른 점이 있다면요?
A. 에티오피아나 한국이나 모두 사람 사는 세상이란 점에서는 다를 게 없고, 한국이 많이 발전했지만 에티오피아도 발전하고 있으니 깊이 생각해보지는 않았습니다. 에티오피아 선생님들도 열심히 가르치고 있고 한국인 선생님들도 열심히 가르칩니다. 모든 선생님이 열심히 가르치고 있으니 좋습니다.

Q. 다른 학교 선생님들보다 더 열정이 많으신가요?
A. 다른 학교 선생님들은 수업시간에 잘 안 들어오기도 해요. 수업 과목의 교재도 잘 끝내지 못할 정도로요. 우리 학교는 수업시간에 안 들어가면 다른 선생님들이 왜 안 들어가냐고 체크도 합니다. 이전에 다니던 학교 선생님들은 태만하고 잘 안 가르치니까 결국 학생들도 지식을 갖추지 못하고 제때 배워야 하는 것들을 제대로 배우지 못한 채로 다음 학년에 올라가는 경우가 많았거든요. 그러면 더 좋은 것을 배우려고 해도 어렵게 되고요.

이번 인터뷰는 학교의 다양한 일을 도맡아하는
일반 직원들에 대한 이야기입니다.
학교의 원활한 운영은 보이지 않는 곳에서
묵묵히 일하는 분들이 있어서 가능하겠죠.
이들에게 한별학교는 어떤 의미일까요?

느구세 반차(Niguse Bancha)
한별학교 스쿨버스 운전기사

Q. 학교에서 근무한 지 얼마나 되었나요?

A. 7년 근무했습니다. 친형이 1년간 일하던 자리를 이어받았습니다. 형은 큰 병을 얻어서 그만둘 수밖에 없었습니다. 결국 슬프게도 세상을 떠났습니다만 형이 떠난 빈자리를 제가 채울 수 있어서 다행입니다.

Q. 이전에는 어떤 일을 하셨나요? 이곳에서 일한 뒤 변화가 있습니까?

A. 그 전에는 대학의 스쿨버스 운전을 했습니다. 일은 크게 다르지 않습니다만 그때는 생활이 좀 엉망이었습니다. 무엇보다도 그 스쿨버스의 차주가 대학이 아닌 외부인이어서 학생들만 태우는 게 아니라 이것저것 시키는 일이 많았어요. 그래서 힘들었습니다. 여기서는 오전 오후 정해진 시간만 운행하면 되는데다 가족들도 함께 지낼 수 있고 아이들도 가르칠 수 있어서 많이 안정됐습니다. 또 여기 있는 사람들과도 좋은 관계를 갖게 되면서 일에 대한 만족감도 높아졌고 남편으로서, 가장으로서, 또 직장인으로서 책임감을 갖게 됐습니다. 하나님의 은혜가 아닌가 생각합니다.

Q. 자녀들이 이 학교를 다니고 있나요?

A. 현재 2남 2녀로 딸 둘은 8학년과 7학년, 그리고 두 아들은 유치원에 다니

고 있습니다. 큰애와 둘째 아이는 여기서 무료로 학교를 다니고 있습니다.

Q. 일하면서 가장 중요하게 여기는 것은 무엇인가요?
A. 역시 안전이겠지요. 지난 7년간 한 번도 사고나 위험한 상황이 없었던 것은 정말 하나님께 감사드리고 싶습니다. 앞으로도 아이들을 태우는 만큼 안전하게 운전하려고 합니다. 아이들이 좋은 환경에서 공부하는 데 조금이나마 보탬이 되고 싶으니까요.

Q. 앞으로 계속 스쿨버스를 운전할 생각인가요?
A. 그럼요, 운전을 할 수 있을 때까지는 이 일을 계속 하고 싶답니다.

아드마수 아베라(Adimasu Abera)
한별학교 관리인

Q. 근무한 지 얼마나 되셨나요?

A. 3개월밖에 안 됐습니다. 2015년 9월 학기가 시작할 즈음 나온 구인공고를 보고 지원했습니다. 한별학교에 대해서는 그전부터 알고 있었는데, 우연히 근처 호텔 옆에 붙은 공고문을 본 것이지요. 일을 해보니 사람들도 좋고 보람을 느낍니다. 열심히 일하는 사람들 사이에서 일하는 것이 더 기분 좋게 합니다.

Q. 일이 힘들진 않은가요?

A. 저는 일을 좋아합니다. 오전 8시에 시작해서 오후 5시에 끝나는 일이니 저로서는 아침 일찍 일어나야 하지만 오히려 빨리 나와서 일을 하는 것이 보람차고 좋습니다. 학교에서 일하기 전부터 사람들이 이 학교에 대해 좋은 얘기를 많이 했습니다. 또 관리를 맡다 보니 학부모들이 아이를 데려다주면서 자랑스럽고 기쁘게 생각하는 걸 알 수 있지요. 학교 앞을 지나가는 사람들도 학교가 깨끗하고 평온해 보인다고 얘기를 해주는데, 그런 얘기를 들을 때마다 저 역시 이곳에서 일하는 것에 자부심을 느낍니다.

Q. 한별학교에 오기 전에 하시던 일은 무엇이었나요?

193

A. 바자지(택시) 기사를 했었습니다. 한 달이면 4,000비르(한화 20만원) 정도를 벌었지만 바자지 주인에게 수수료를 주고 나면 남는 것이 많지 않았습니다. 하지만 여기에서는 생활할 수 있는 거처도 제공받고 일에 대한 보람도 느낍니다.

Q. 가족이 있나요?
A. 아내와 1년 4개월 된 딸이 아디스아바바에 살고 있습니다. 아내는 선생님이어서 방학이 되면 아내와 딸이 이곳을 다녀가고요. 아내 역시 이 지역에서 일자리를 구해서 함께 살았으면 하는 바람입니다.

Q. 한별학교에서 계속 일을 할 생각인가요?
A. 하나님께서 허락하시는 한 계속해서 일을 하고 싶습니다.

아이의 맑고 고운 미소가 빛난다.
배움이라는 것은 꿈으로 가는 지름길이다.

멜레쉐 게브레(Melesech Gebre)
한별학교 청소원

Q. 나이가 어떻게 되나요?

A. 28살? 30살? 35살이던가. 그건 너무 많네요, 허허. 사실 정확한 제 나이를
잘 모릅니다.

Q. 여기서 일한지 얼마나 됐지요?

A, 5년 되었습니다.

Q. 그전에는 다른 일을 했어요?

A. 91년에 4학년을 졸업한 뒤로는 계속 집안일을 도왔습니다.

Q. 한별학교에서는 어떻게 일을 시작하게 됐나요?

A. 큰아이의 유치원 학비를 내러왔다가 알고 지내던 이곳의 밀알재단 직원
에게서 지금 일자리가 하나 비었으니 일할 생각이 있느냐는 얘길 듣고 시작
했답니다. 아이는 두 명인데 지금은 11살인 큰애가 2학년이고 8살인 둘째는
유치원에 다닙니다. 11살에 2학년이면 굉장히 늦은 거지만요.

Q. 한별학교에 와서 일을 하면서 자신에게 변화가 있나요?

A. 삶이 완전히 바뀌었습니다. 일을 시작하면서부터는 경제적으로 많은 변화가 있었어요. 방이 두 개나 되는 집으로 이사도 하고 TV나 책상도 샀고요. 경제적인 부분도 많이 나아졌어요.

Q. 학부형의 입장에서 직원이 돼보니 학교에 대한 입장이 남다를 것 같아요.
A. 공립이 아닌 사립학교이다 보니 아이들 학비를 낸 만큼 학부형들의 목소리가 센 편입니다. 학부모님 중에는 학교에서 문제 있는 학생들의 관리를 잘 안 한다거나 제대로 가르치지 않는다고 생각하는 경우도 있는 것 같은데, 제가 직접 일하면서 본 선생님들은 열심히 잘 지도하고 있고 학생들 역시 열심히 배우고 있는 것으로 보입니다. 아이들이 자기 마음에 들지 않는다고 학교나 선생님에 대해서 거짓말을 하는 경우를 제외하면 전혀 문제가 없답니다.

Q. 앞으로도 한별학교에서 일하고 싶은가요?
A. 그럼요, 제게 일이 주어진다면 건강이 허락하는 한 계속 일하고 싶습니다.

키베 퍼카두(Kibe Fikadu)
가사도우미

Q. 여기서 일한 지 얼마나 되었나요?
A. 지금 4년째입니다.

Q. 한별학교에 처음 어떻게 오게 되었나요?
A. 원래 처음엔 이르가체페에서 일을 시작했구요. 그리고 딜라로 와서 제게예의 집에 렌트 하우스로 일을 시작하다가 제게예를 통해서 일을 찾던 중에 한별학교에 일이 있다고 해서 여기 오게 되었습니다.

Q. 여기서 일하는 건 힘들지 않나요?
A. 전혀 힘들지 않습니다. 지금 정말 행복합니다.

Q. 이곳에 많은 한국 사람들이 오고가는데, 키베가 느끼는 한국 사람들은 어떤가요?
A. 지금까지 많은 손님이 오고 갔지만 그분들을 볼 때마다 내가 그분들 때문에 불만이 있었던 적은 없었고 손님들을 볼 때마다 나도 행복했고 기뻤습니다.

203

Q. 한국 사람들은 에티오피아 사람들과 어떻게 다른 것 같아요?
A. 한국 사람들이 오면 우리들을 대할 때 그들이 위에 있는 듯이 권위 있게 대하지 않고 항상 친구같이 처음 봤어도 가까운 사람처럼 전혀 허물없이 잘 지냅니다. 아무래도 밖에서 손님이 오면 그 손님들은 에티오피아 사람들을 더 낮게 봅니다. 그런 면이 좀 차이인 것 같습니다.

Q. 선교사님이 여기 교장으로 일을 하고 있는데, 본인이 보기에는 어떤 분인가요?
A. 저는 학교와 관련된 일을 하지 않고 집안에서만 일하니까 잘 모르지만 어쨌든 제가 보는 정순자 교장 선생님은 좋은 분으로 내 마음에 남아 있고 그 분의 삶을 통해서 많이 배우고 있습니다. 학생들에게 좋은 교장 선생님이라고 생각합니다. 다른 곳에서도 많은 일을 해봤는데, 이곳은 저에게 좋은 일터이기 때문에 행복합니다.

Q. 소망이나 꿈이 있다면요?
A. 지금 24살입니다. 정순자 교장 선생님과 오래도록 일하고 싶은 마음입니다. 저는 현재 칼리지를 마쳤는데, 앞으로 기회가 된다면 대학교에서 공부를 하려고 합니다. 그래야 제가 더 필요한 사람이 되고 새로운 기회를 얻을 수 있으니까요.

쓰낫이 찍는 세상,
우리 엄마

첫날 사진반 수업시간 눈빛에 초롱초롱 빛나는 아이들이 교실로 찾아왔다. 그리고 각자 자기소개 시간을 가졌는데, 그 중 유독 눈에 띄는 아이가 있었다. 가장 어리고 작으며 여린 아이. 사진반원 중에서 가장 어린 아이였지만 행동이 똑 부러지고 웃음이 많은 귀여운 아이였다. 이름이 쓰낫이라고 하는데 8살이었다. 그런데 쓰낫에게는 아픈 사연이 있다. 쓰낫의 어머니는 에이즈 환자이고 아버지는 에이즈로 돌아가셨단다. 공부를 하지 않으면 미래를 기약할 수 없다고 생각한 어머니는 한별학교를 찾아가 교장 선생님에게 형편을 이야기하고 막내딸을 학교에 다니게 해달라고 했단다. 학비를 낼 수 없는 형편의 쓰낫을 장학생으로 받아준 학교의 배려 덕분에 쓰낫은 학교를 다닐 수 있게 된 것이다. 자신이 배우지 못한 그 아픔을 딸에게는 대물림하고 싶지 않은 엄마의 마음을 아는지 쓰낫의 꿈은 의사였다. 그래서 공부를 마치고 어른이 되면 엄마의 병을 고쳐주고 싶다는 착한 아이.

그 아이는 엄마 이야기를 할 때면 눈동자가 빛난다. 쓰낫은 유독 엄마 사진을 많이 찍는다. 하루는 쓰낫에게 물었다. "넌 왜 그렇게 엄마 사진을 많이 찍었니?" "엄마 얼굴을 잊지 않기 위해서예요." 이 어린 아이도 죽음이라는 것을 아는 걸까? 쓰낫의 대답이 참 아프게 다가왔다. 사진 수업을 마치고 쓰낫의 집을 방문했다. 어머니는 병세가 깊어 보였다. 작고 말라 금방이라도

 에티오피아의 빛나는 별

부서질 것 같은 몸. 쓰낫은 집안에 들어서자마자 엄마의 허리를 꼬옥 껴안는다.

엄마의 품에 안겨 행복한 아이, 오늘 학교에서 있었던 이야기들을 쏟아내는 아이. 저 아이에게 엄마가 없다면? 순간 가슴이 먹먹해져온다. 어머니가 분나(커피)를 내어 오셨다. 방금 볶아 신선한 커피에서 고소한 향이 느껴진다. 그러고 보니 에이즈 환자가 끓여주는 커피는 처음이다. 녹색의 커피 받침과 녹색으로 칠한 집안의 컬러가 유난히 눈에 들어온다. 사진을 찍어드리겠다고 했다. 조촐하지만 쓰낫과 엄마가 함께 한 가족사진이다. 엄마를 바라보는 쓰낫의 표정이 애련하다. 사랑이다. 맞다. 저 눈빛은 사랑 그 자체다. 프린트를 마치고 사진을 액자에 넣어드렸다. 사진을 쓰다듬던 어머니의 입가에 미소가 번진다.

"아이와 찍은 사진이 한 장도 없었는데, 정말 고맙습니다." "이젠 우리 쓰낫

이 엄마를 오래 기억할 수 있겠네요." 그리곤 액자를 빛이 잘 들어오는 선반 위에 올려놓고 하염없이 바라본다. 그 등 뒤에서 같은 시선으로 사진을 바라보는데 마음이 울컥한다. 흔들리던 그 가냘픈 어깨에서 느껴지던 쓰낫에 대한 엄마의 사랑스런 표정. 그 표정이 담긴 저 작은 액자는 사진이 주는 의미를 깊게 만든다.

100명의 아이들에게 일회용 카메라를 나눠주었다.
아이들은 자유롭게 그들만의 생각을 찍었다.
처음 찍어본 아이들이 보여주는 세상이 흥미진진하다.

 에티오피아의 빛나는 별

아디살람 안테네흐_5학년

가족 사진 _ 아빠, 남동생, 엄마

사진을 가족에게 보여줬을 때 뭐라고 하던가요?
굉장히 기뻐하고 행복해했습니다.

왜 이 사진을 찍었어요?
가족이라서 가장 먼저 찍었습니다.

가장 좋아한 사람은 누구였나요?
아빠가 가장 좋아하셨어요.

사진 찍은 것을 가족들이 보고
좋아하는 모습을 보면서 무슨 생각이 들었나요?
기뻐하는 모습을 보니 저도 기뻤습니다.

앞으로 사진을 더 많이 찍고 싶어요?
그럼요, 당연히 더 찍고 싶어요.

꿈이 있나요?
의사요. 사실 아직까지는 정확히 어떤 의사가 되고 싶은 건 아니고,
그냥 아픈 사람들을 도와주고 싶은 마음이에요.

한나 구야네

교회 가는 길

어떤 생각을 하면서 이 사진을 찍었나요?
이 사진을 보는 사람들에게 학교 가는 길을 보여주고 싶어서
찍었고 교회 가는 길도 보여주려고 사진을 찍었어요.

사진을 찍어보니 어때요?
예전에 오빠가 사진을 찍는 것을 본 적이 있어요.
사진에 찍힌 사람들도 그렇고 원하는 대로 찍히니
기분이 너무너무 좋았어요.

테메스겐 크피알루

자기 자신을 찍음

자신을 찍은 이유가 뭐예요?
잘 찍히는지 보려고 한 번 찍어본 거예요.

사진을 찍으니 어떤 느낌 들었나요?
아무 생각없이 찍은 건데 사진을 보고 나니까 정말 좋았어요.

또 어떤 사진들을 찍었어요?
축구하는 것, 그리고 꽃과 할머니를 찍었어요.

기회가 되면 또 찍어보고 싶어요?
네, 많이 찍고 싶어요.

흘리나 메코넨

모델이 되고 싶어요

누가 찍어줬어요?
큰 언니가 찍어줬어요.

다른 사진은 뭘 찍었어요?
부모님과 집 주변, 학교 그리고 같은 반 친구들을 찍었어요.

사진을 찍어보니 기분이 어땠어요?
행복했어요.

사진을 찍은 것도 있고, 자신이 찍힌 것도 있는데
사진이 나왔을 때 뭐가 더 보고 싶었어요?
정말 사진을 줄지 몰랐는데, 받고 나서 너무 행복했어요.

포즈는 왜 이렇게 하고 찍었나요?
제 꿈이 모델이거든요!

요나단 이사야스

동생을 사랑해요

이 사진을 왜 찍었어요?
배경이 좋아서 남동생을 찍고 싶었어요.

사진 찍고 나니까 어땠나요?
남동생에게 보여주니 너무 기뻤했고 저도 좋았습니다.

남동생에게 포즈를 요구했어요?
제가 하라고 한 게 아니고 동생이 알아서 포즈를 취했어요.

또 다른 사진은 뭘 찍었어요?
아빠와 집 주변, 동네 친구들이 축구하는 것 등을 찍었어요.
15장을 찍었는 데 1장을 못 받았어요.
우리 집을 찍은 사진이 가장 마음에 들었어요.

메브라트 마티오스

친구들을 찍었어요

이 사진을 왜 찍었어요?
그냥 찍고 싶었어요.

친구들이 사진을 보고 좋아했어요?
사진을 받아 보여줬을 때 친구들이 다 좋아했어요.

카메라를 처음 받았을 때 어떤 느낌이었어요?
이쁘고 좋은 사진들을 찍으려고 노력했어요.

본인이 생각했던 것만큼 나왔어요?
제가 생각한 대로 잘 나왔어요.

기회가 되면 사진 또 찍고 싶어요?
네.

메끼데스 솔로몬

고양이는 내 친구

이 사진은 왜 찍었어요?
제가 동물을 좋아하는 데 집에서 키우는 고양이를 찍었어요.

고양이 이름이 뭐에요?
이름이 없어요.

그럼 어떻게 불러요?
후루루~ 휘파람 불어서 불러요.

또 어떤 사진들을 찍었어요?
사람들과 나무, 그리고 젖소와 당나귀 등을 찍었어요.

어떤 대상을 찍을 때가 가장 좋았나요?
젖소 찍을 때가 가장 기분이 좋았어요.
집에서 키우는 젖소인데 가족에게 소중한 역할을 하고 있거든요.

메론 워르꾸

나를 찍다

왜 사진을 찍지 않고 찍혔어요?
제 자신을 찍고 싶어서요.

누가 찍어줬어요?
큰 언니가 찍어줬어요.

또 어떤 사진들을 찍었어요?
동물들과 가족들 그리고 집 등 24장을 찍었는데 다 받았어요.

므흐렛 판타훈

아빠가 찍었어요

누가 찍어줬어요?
아빠가 찍어주셨어요.

어디서 찍은 거예요?
마당에서요.

또 어떤 사진들을 찍었어요?
집 주변과 사람들 그리고 가족을 찍었어요.

카메라를 처음 받았을 때 어땠어요?
뭘 찍어야겠다고 생각했나요?
마을 사람들을 찍으려고 했어요.

생각했던 대로 사진이 잘 나온 것 같아요?
총 24장을 찍었고 5장을 제외한 19장을 받았는데
전부 잘 나와서 기분이 좋았어요.

원오브 아드마수

친척과 큰누나를 찍었어요

집에서 찍은 거예요?
저희집 부엌이에요.

이 사진을 왜 찍었어요?
다양한 사진을 많이 찍었는 데 필름이 남아서 찍었어요.

이 사진을 누나에게 보여줬어요?
잘 찍었다고 칭찬 받았나요?
왜 이렇게 이쁘냐고, 사진기도 주고 참 좋은 학교라고 했어요.

카메라를 처음 받았을 때 어떤 것을 찍고 싶었나요?
가족과 큰 건물들을 찍고 싶었어요.

사진은 만족스러웠어요?
사진을 전부 받지 못했지만 사진을 보면서 너무 감사했습니다.

라헬 뜰라훈

집에서

찍은 사진이 책으로 나온걸 보니 어떤 기분이 들어요?
책으로 나온 사진을 보니까 좋아요.

사진을 처음 찍어봤는데 어땠나요?
처음엔 신기해서 사진을 찍기 힘들었어요.
다음에 기회가 되면 더 잘 할 수 있을 것 같아요.
조금 더 잘 찍을 수 있었는데 아쉬워요.

셀라마윗 세야만

아빠는 휴식중

이 사진은 왜 찍었어요?
웃으세요~ 하고 찍었는데 이렇게 나왔어요.

어디서 찍은 거에요?
집 밖에서 찍었어요.

사진이 맘에 들어요?
제 계획대로는 안 나왔지만 그래도 만족스러워요.

카메라를 처음 받아서 사진을 찍는 시간 동안 행복했어요?
굉장히 좋았습니다.
제가 좋아하는 부모님과 고양이도 찍고 다양한 것들을 찍어서
너무 좋았습니다.

카메라를 또 받으면 어떤 것을 찍고 싶어요?
꽃을 찍고 싶어요. 특히 장미꽃이요.
그리고 친한 친구들도 찍고 싶어요.

얍스라 베라소

꽃이 좋아요

꽃이 원래 여기 있던건가요? 아니면 가져와서 찍은 거예요?
책상 위에 있던 꽃이 너무 예뻐서 가지고 나가서 찍었어요.

조금 더 가까이서 찍지 왜 멀리서 찍었어요?
꽃만 찍으려고 한 건데 이렇게 넓게 나올줄 몰랐어요.

이것 말고 또 어떤 것들을 찍었어요?
부모님과 친구들 그리고 학교 대문 등을 찍었어요.

사진 중에 뭐가 가장 맘에 들었나요?
20장 정도 사진을 받았는데 가장 마음에 들었던 사진은
땅에서 피어난 장미꽃이었습니다.

요나단 테세마

피리 부는 아빠

이 사진을 왜 찍었어요?
아버지가 피리를 잘 부셔서 아버지 보고 피리를 부시면
사진을 찍겠다고 말씀드리고 사진을 찍었어요.

아버지는 보실 수 없으셔서 아쉬웠겠네요.
아버지는 보실 수 없지만 제가 이 사진이 나온 것을 보면서
잘 설명해 드렸습니다.

어머니도 찍었어요?
네.

어머니가 이 사진을 보고 뭐라고 하셨어요?
못 보셨어요.

형제가 몇 명이에요?
저는 쌍둥이고요. 누나 두 명과 쌍둥이 형이 있어요.

밤라끄 데쌀렝

내 친구들

사진을 처음 받고 어떤 기분이었어요?
너무 행복했습니다.

이 사진을 왜 찍었어요?
친구들이 좋아서요.

친구들에게 포즈를 요구했어요?
네, 요구했어요.

잘 나온 것 같아요?
생각한 대로 잘 찍은 것 같아요.

다음에 카메라를 주면 뭘 찍고 싶어요?
집 안의 여러 가지 것들 특히 동물들을 찍고 싶어요.

이삭 베께레

집 근처 사는 사람을 찍음

찍어 주고 싶어서 찍었어요, 아니면 찍어달라고 해서 찍었어요?
손에 쥐어진 카메라를 보고 찍어달라고 해서 찍어줬어요.

사진 가져다 줬어요?
네.

사진 주니까 좋아했어요?
네, 좋아했어요.

아브라함 떼꾸

친구들을 찍었어요

사진 나온 거 보니까 마음에 들었어요?
정말 좋았어요.

사진을 몇 장 받았어요?
30장 넘게 받았어요.

이 사진이 젤 마음에 들었어요?
젤 좋은 사진 같아요.

아미르 후센

동생들을 찍었어요

이 사진을 왜 찍었어요?
동네 아이들인데, 찍어주고 싶어서 찍었어요.

찍어서 보여줬어요?
네 보여줬더니 많이 좋아했고 부모님도 보시더니 좋아하셨어요.

다음에 또 찍고싶어요?
네.

브스랏 베르가

딜라의 큰 운동장에서 6시 반 쯤 친구들과 찍은 사진

밤에 찍었는데 이 사진이 이렇게 잘 나올 줄 알았어요?
그래도 좀 밝았기 때문에 나올 거라고 생각을 했어요.

친구들에게 보여줬어요?
네, 보여줬더니 굉장히 좋아했어요.

한나 베께레

친구들 사진을 찍음

사진을 어떻게 찍었어요?
커피를 볶으러 가는 부엌에서 찍은 것입니다.

사진 나온 걸 보고 마음에 들었나요?
제가 생각한 것보다 사진이 잘 나와서 너무 좋았습니다.

헤녹 요하니스

조카 사진을 찍었고,
조카는 지금 한별학교에 다니는 중

왜 조카를 찍어줬나요?
그냥 조카가 찍고 싶어서 불러서 사진을 찍었어요.

조카에게 사진을 보여줬어요?
네, 사진 보여줬더니 굉장히 좋아했고
부모님도 좋아하시고 이모님도 잘 찍었다고 좋아하셨어요.

므흐렛 데미세

사촌을 찍었어요

어디서 찍은 거예요?
집 앞쪽에서 찍었어요.

사진이 잘 나온 것 같아요?
네, 제가 생각한 대로 잘 찍은 것 같아요.

사진을 몇 장 받았어요?
20장 정도 받았어요.

또 어떤 것들을 찍었어요?
학교와 친구들과 선생님들 그리고 가족을 찍었어요.

카메라를 또 받으면 뭘 찍고 싶어요?
꽃, 집, 나무, 부모님을 찍고 싶은데
그 중 꽃과 나무가 가장 찍고 싶어요.

를레셉 느구세

아빠, 오빠, 여동생들을 찍었어요

사진을 찍겠다고 나오라고 한거에요?
마침 엄마는 안 계셔서 엄마 빼고 찍었어요.

엄마가 서운하셨겠네요?
엄마가 안 계셔서 슬펐어요.

식구들이 사진 보고 뭐라고 했어요?
기분 좋다고 했어요.

믄테스놋 프끄루

부엌을 배경으로 찍었어요

누구를 찍은 거에요?
집에서 일하는 친구와 누나를 찍은 거예요.

사진 잘 나온 거 같아요?
네.

사진 보여주니까 누나가 좋아했어요?
네, 너무 좋아했어요.
제가 생각한대로 잘 찍혀서 너무 좋았어요.

다른 건 또 뭘 찍었어요?
가족과 집 등 13장을 찍었어요.

사진을 보여주니 식구들이 좋아했어요?
네, 다들 잘 찍었다고 칭찬해줬고 좋아했어요.

미스가나 네가쉬

남동생을 찍었어요

포즈를 취하라고 동생에게 요구한 건가요?
동생이 감기에 걸려서 기침하는 순간에 찍힌 사진이에요.

동생은 이 사진 좋아했어요?
사진을 보고 한참 웃었어요. 너무 좋아했어요.

또 다른 건 뭘 찍었어요?
엄마, 아빠, 형제 자매들 등 15장을 받았어요.

가족들에게 사진을 선물하니까 기분이 좋았나요?
행복했어요.

에티오피카의 빛나는 별

므흐레트 테쇼메

친구들을 찍었어요

사진을 찍어서 친구들에게 전해줬어요?
네.

잘 찍었대요?
"너 실력 대단하다"라고 말했어요.

다른 건 또 뭘 찍었어요?
가족과 꽃, 집, 교회 등을 찍었는데 14장을 받았어요.

가족들에게 사진을 선물하니까 기분이 어땠나요?
무척 행복했어요.

나트나엘 제리훈

남동생의 축구하는 장면을 찍었어요

왜 밤에 찍었어요?
카메라 후레쉬가 있어서 찍었어요.

동생이 사진 보고 잘 찍었다고 했어요?
그럼요, 잘 찍었다고 했어요.

또 뭘 찍었나요?
부모님, 동네 친구들을 찍었고 사진은 14장을 받았어요.

사진 찍는 것 재밌나요?
네, 좋았어요.

아포미야 웃드네흐

반 친구들을 찍었어요

이 사진은 왜 찍었나요?
친구들이 사진을 찍을 때 앞에 나가서 찍었어요.

사진 나온걸 보니 잘 찍은 것 같아요?
생각한 대로 잘 나왔어요.

친구들이 사진에서 많이 짤린 것 같은데요?
처음이라 당황해서 그랬어요.

다른 건 또 뭘 찍었어요?
동네 아이들과 학교 친구들 그리고 가족을 찍어서 15장을 받았어요.

뭐가 가장 마음에 들었어요?
학교에서 찍은 친구들 사진이 좋았어요.

카메라 받았을 때 기분 좋았어요?
네, 정말 좋았어요.

또 찍고 싶어요?
당연하죠.

쎄갑 아쉐나피

형제들을 찍었어요

누가 찍어줬어요?
엄마가 저희를 찍어줬어요.

또 뭘 찍었어요?
꽃, 부모님, 형제들을 찍었고 사진은 15장을 받았어요.

사진을 찍어보니까 기분이 어땠어요?
굉장히 좋았습니다.

이베르탈 그르마

큰 형이 찍어준 사진

무슨 사진들을 찍었어요?
교회와 꽃, 동네에서 좋은 집들을 찍고 12장을 받았어요.

사진이 왜 잘못 찍혔어요?
제가 잘못한 게 아니고 큰 형이 잘못 찍은 거예요.
솔직히 형은 사진을 잘 못 찍어요.

제메디쿤 하일루

집 근처에서 여동생을 찍은 사진

왜 찍었어요?
여동생이 찍어달라고 해서 찍어줬어요.

여동생이 뭘 하고 있는 거예요?
고양이를 쓰다듬고 있는 거예요.
동생이 고양이를 무척 좋아하거든요.

잘 찍은 것 같아요?
생각보다 잘 나왔어요.

다른 사진들은 또 뭘 찍었어요?
꽃도 찍고 강에서 수영하는 것도 찍고 교회와 나무,
가족도 찍었는데 굉장히 잘 찍어서 행복했습니다.

이훈 게메추

집 안에서 아버지를 찍은 사진

왜 아버지를 찍어드렸나요?
아버지를 너무 사랑하니까요.

잘 찍은 것 같아요?
제가 생각한 대로 잘 찍지는 못했어요.

아버지가 사진을 보시고 뭐라고 하셨어요?
"너 기술 최곤데, 잘 찍었다." 라고 하셨어요.

그 외에 다른 건 뭘 찍었어요?
집 안의 것들, 먹는 장면 등을 찍었는데 대부분 잘 나와서
기분이 좋았고 15장을 받았어요.

브룩 네가쉬

친구들과 찍은 사진

사진은 어떤 걸 찍었어요?
아름다운 것들을 찍었는데 18장을 받았어요.

사진이 왜 좋은가요?
카메라를 들고 있으면 사람들이 모두 웃어줘요.
친구들도.

헤녹 아크릴루

친척들을 찍어줌

어디서 찍은 거예요?
삼촌 집 마당이예요.

어떻게 찍게 된 거예요?
제가 누우라고 하고 찍었어요.

친척에게 사진을 줬어요?
사진은 한 장뿐이니 제가 가지고 있어요.

동생들이 사진을 보고 좋아했어요?
행복해했습니다.

앞으로 사진 많이 찍고 싶어요?
전에도 찍어봤어요.
앞으로도 많이 찍고 싶어요.

이삭 마루

형과 형 친구

찍을 때 악수하라고 하고 찍은 거예요?
손 잡고 있으라고 하고 찍었어요.

사진을 선물로 줬어요?
아니요, 제가 가지고 있어요.

왜 사진을 선물로 안 주고 가지고 있어요?
제가 보관하고 싶었어요.

사진 찍는 게 재밌나요?
네, 재밌어요.

다음에 카메라를 받으면 어떤 걸 찍고 싶어요?
친구들과 가족들을 찍고 싶어요.

마스레샤 하일레

동네 아이들을 찍었어요

이 사진을 왜 찍었어요?
어린 아이들을 찍고 싶었고, 잘 찍어서 사진첩에 끼워 두고 싶었어요.

사진을 주진 않았네요?
네, 보여주기만 했어요.

아이들이 사진을 보고 좋아했어요?
굉장히 좋아했어요.
달라고 했지만 안 주고 제가 가지고 있어요.

어떤 걸 찍는 게 가장 좋아요?
꽃과 가족이요.

사진을 찍어본 게 좋은 경험이었어요?
굉장히 좋은 경험이었어요.
앞으로도 사진을 찍어보고 싶어요.
사진가가 되고 싶어요.

웽겔라윗 마루

교회

이 사진을 어떻게 찍었어요?
마침 주일이라 교회를 갔다가 찍었어요.

또 어떤 사진들을 찍었나요?
부모님, 형제, 자매, 친구들을 모아서 찍었고,
액자에 넣어서 보관하고 있어요.
사진은 13장을 받았어요.

빈얌 워끄네흐

집 근처에서 누나를 찍었어요

사진 찍을 때 기분이 어떤가요?
사진 찍을 때 너무 행복했어요.
당시의 이야기들을 사진에 담을 수 있기 때문에 좋았어요.
사진을 찍고 선물할 수 있어서 좋습니다.

누나가 사진을 보고 뭐라고 했어요?
이 사진은 못 받았습니다.
다른 사진은 다 받았는데 이 사진은 못 받아서 누나한테 보여주
지 못했어요.
사진이 있는지 집에 가서 확인해봐야겠어요.

 에티오피아의 빛나는 별

사니 크피알루

나무와 친구들

이 사진을 찍은 이유가 있나요?
제가 나무를 좋아하기 때문에 찍었습니다.
특별한 의미는 없어요.

집 근처에요?
집 근처가 아니고 이 근처(한별학교)입니다.

다른 사진은 무엇을 찍었나요?
대부분 나무 사진들을 찍었습니다.

사진 찍을 때 기분이 어땠어요?
찍어본 경험이 없어서 몰랐는데
사진을 찍고 나서 보니 참 좋았습니다.

베쌀롯 파울로스

아버지를 찍고 싶었어요

아버지가 사진을 좋아하시던가요?
네, 정말 좋아하시던데요.

일하는 아주머니는 안 좋아하시던가요?
그냥 보고 웃기만 하셨어요.

다른 사진들은 어떤 것들을 찍었나요?
나무들과 동물들 그리고 가족들을 찍었습니다.
사진은 20장 정도를 받았습니다.

어떤 것을 찍을 때 가장 좋았나요?
사진을 본 지 오래돼서 기억이 잘 안나지만,
동물들을 찍을 때가 가장 좋았던 것 같아요.
동물들을 정말 좋아하거든요.

사무엘 테케보

필름이 남아서 누나를 찍음

누나가 이 사진 좋아했나요?
네, 굉장히 좋아했어요.

이 사진은 지금 어디 있어요?
엄마가 가지고 가셨어요.

다른 사진들은 뭘 찍었어요?
주로 꽃과 사람들, 자동차, 시장에서 파는 물건들을 주로 찍었습니다.
사진은 12장을 받았습니다.

어떤 사진이 가장 좋았어요?
당연히 꽃이죠.
꽃을 좋아해요.

쓰낫 메스핀

엄마가 좋아요

엄마를 얼만큼 사랑해요?
저 자신보다 더 사랑해요.

또 무슨 사진들을 찍었어요?
언니들도 찍고 꽃과 닭, 그리고 옆집 강아지.
저도 찍었고요.
집에 놀러온 조카들도 찍었어요.

사진 찍는 게 재밌나요?
네, 정말재밌어요

라흐멧 페꾸

언니가 사진첩에 넣고 싶어서 찍어달라고 했어요

다른 건 또 뭘 찍었어요?
집과 가족들, 동네에 있는 꽃 등을 찍었고
사진은 24장 찍었는데 13장을 받았습니다.

언니가 사진을 보고 뭐라 하던가요?
잘 찍었다고, 아름답다고 했어요.

카메라를 또 주면 또 찍고 싶어요?
네, 더 많이 찍고 싶어요.
더 잘 찍을 수 있을 것 같아요.

한별학교가 걸어 온 시간
2005-2016

밀알복지재단

사회복지법인 밀알복지재단은 기독교정신을 바탕으로 소외된 이웃과 더불어 살아가는 완전한 사회통합을 이루기 위해 1993년에 설립되었습니다. '생애주기별 장애통합 자립복지 글로벌 모델 구현' 이라는 비전으로 장애인에게 일자리를 제공하고 생애주기별 서비스를 지원해 지역과 세계를 아우르는 장애인 복지를 실천하고 있습니다. 또한 겸손, 정직, 존중, 옹호, 사랑이라는 가치로 소외된 이웃과 더불어 사는 사회를 지향합니다.

2015년 현재 밀알복지재단은 국내에서 48개 산하시설과 4개의 지부를 통해 사회복지를 실천하고 있습니다. 장애인의 인간다운 삶과 권리보장을 위해 의료, 교육, 직업, 사회재활 분야에서 장애인 생애주기별 맞춤형 복지서비스를 제공하고 있으며, 노인의 행복한 노년을 위해 여가·건강지원사업과 장기요양사업, 사회참여사업 등 다양한 노인복지사업을 수행하고 있습니다. 또한 전 연령층을 대상으로 지역사회 내에서 발생하는 다양한 문제를 예방하고 해결하고자 지역사회 맞춤형 복지사업을 실시하고 있으며, 산하 보육시설을 통해 영·유아기부터 장애에 대한 인식을 개선하며 완전한 통합사회를 구현하기 위해 장애아동과 비장애아동의 통합보육을 실천하고 있습니다.

해외의 22개국 29개 사업장에서는 지구촌의 소외된 이웃들이 주체적으로 삶을 변화시키고 지역사회가 건강하게 성장해 고통을 극복하고 자립할 수 있도록 국제개발협력사업을 수행하고 있습니다. 또한 장애인의 생존권과 기본적인 인권이 보장될 수 있도록 생계지원, 자립지원, 직업재활, 특수교육을 제공하여 지역사회 중심재활을 실천하고 있으며, 빈곤아동들이 교육의 기회를 통해 건강하게 성장할 수 있도록 전인적인 서비스를 제공하고 있습니다. 의료적인 혜택을 누리지 못하며 살아가고 있는 소외계층을 위해 정기적인 오지마을 방문을 통해 진료를 실시하고, 치료가 어려운 환자들은 한국 또는 제3국으로 후송 치료하여 주민들의 삶의 질을 향상시키기 위해 노력하고 있습니다. 이밖에도 라이팅칠드런 캠페인을 통해 빛이 없는 지역에 태양광랜턴을 보급하여 제3세계 아이들에게 꿈과 희망을 전하고 있으며, 재난이 발생한 지역에 72시간 이내 활동가를 파견하고 현장조사, 긴급구호물자 및 상시자금 지원을 통해 구호활동을 수행하는 인도적 지원사업도 수행하고 있습니다.

설립 초기부터 자금집행 및 사업운영의 투명성과 순수성을 지켜온 밀알복지재단은 그동안의 투명한 윤리경영의 성과를 인정받아 2009년 제1회 삼일투명경영대상 장애인복지부문의 대상을 수상한 바 있으며, 2014년 제6회 삼일투명경영대상에서는 종합 대상을 수상하기도 했습니다. 밀알복지재단은 투명성과 순수성을 기반으로 전문적인 운영을 통해 새로운 역할을 선도해 나가고, 국내 및 해외에서 사회적 약자의 권리와 자립을 위해 협력해 사회 모든 구성원이 신체적, 사회적, 경제적, 인종의 장벽을 뛰어넘어 함께 살아가는 사회를 만들도록 노력하고 있습니다.

Introducing the Miral Welfare Foundation

The Miral Welfare Foundation (Miral), a social welfare foundation, was established in 1993 to create social integration, living alongside people in need, based on Christian values. It provides job opportunities for the disabled based on its 'global disability integration and self-reliance lifecycle model' and also offers services based on the lifecycle model. This practice of welfare for the disabled encompasses both the local community and the world. The foundation aims to create a society which lives alongside people in need with love as its most important value.

Currently, Miral practices social welfare domestically through 48 affiliated facilities and four branches. To ensure the rights and the 'social integration' of the disabled it provides customized welfare based on the lifecycle of the disabled in areas such as healthcare, education, occupation, and social rehabilitation. Additionally, diverse social welfare for the elderly such as leisure/health support welfare, long-term care welfare, and social participation welfare are conducted for a happy life in the final stages of life. Furthermore, to prevent and solve various problems in the local community, customized welfare for the local community is provided targeting all age groups. Through its affiliated infant care facilities, the perception of disability is improved from infancy and early childhood. To materialize a perfectly integrated society, childcare of both disabled and non-disabled children is being provided.

In 29 establishments in 22 nations, Miral conducts international development cooperation work to help people-in-need change their lives independently and local communities develop healthy practices. To ensure the basic human rights of the disabled, support for living, support for self-sufficiency, occupational rehabilitation, and special education are provided, practicing community-based rehabilitation. Holistic services are provided in order to allow children in poverty develop in a healthy manner through opportunities to learn. For those who are neglected and unable to receive medical benefits, medical treatment is provided during regular visits to remote villages. Patients with difficult medical conditions are sent to Korea or other countries to be treated. In addition, through the 'Lighting Children' campaign, solar powered flashlights are supplied to areas without electricity to deliver hopes and dreams to the children in these areas. Humanitarian assistance welfare is provided by undergoing relief activities through sending personnel to disaster struck areas within 72 hours, conducting field investigation, and providing emergency relief supplies and regular funds.

From its initial establishment, Miral Welfare Foundation has kept a pure and clear obligation of stewarding its funds and management. It received the grand prize from the first Samil Transparency Awards in the field of Social Welfare for the Disabled in 2009, achieving recognition for its transparent ethical management, which the foundation has always kept up. It received the overall grand prize in the sixth Samil Transparency Awards in 2014. Miral leads by example using professional management based on transparency and integrity, working together for the rights and self-reliance of the disadvantaged, and attempting to create a society where all its members live together and overcome physical, social, economic, and racial barriers.

밀알복지재단 연혁

1993. 07 사회복지법인 밀알복지재단 설립 (초대 이사장 손봉호, 상임이사 정형석)

1996. 04 장애인공동생활가정 '밀알그룹홈' 개소

1997. 03 밀알학교 개교

1998. 03 쌍봉종합사회복지관 운영

06 전남지부, 경남지부 설립

08 부암어린이집 운영(서울시 종로구 수탁)

1999. 02 강남구가정복지센터 운영 (서울시 강남구 수탁,
現 강남구건강가정센터), 목련어린이집 운영(서울시 강남구 수탁)

04 안산시장애인종합복지관 운영(경기도 안산시 수탁)

2000. 10 도봉구노인종합복지관 운영(서울시 수탁),
목련치매주간보호센터 운영(現 목련데이케어센터)

2003. 10 해마을주간보호센터 개소

2004. 04 도봉시니어클럽 운영(보건복지부 지정),
제1회 장애인의 완전한 사회통합을 위한 밀알콘서트 개최

09 성남시장애인복합사업장 운영(경기도 성남시 수탁)

10 홍정길 2대 이사장 취임, 필리핀 바자오족 지원

2005. 01 도봉실버센터 운영(서울시 도봉구 수탁)

11 밀알보호작업장 개소

2008. 01 안산밀알센터 운영

02 장애인공동생활가정 동행의 집 운영(경남지부 운영)

에티오피아의 빛나는 별

06 태국 청소년교육사업 지원 시작

10 강남구직업재활센터 운영(서울시 강남구 수탁)

11 청밀유통 설립(現 청밀)

12 성남옥수장애인공동생활가정 개소

2009. 01 청마을어린이집 운영(서울시 강남구 수탁),
대청종합사회복지관 운영(서울시 강남구 수탁)

08 제1회 삼일투명대상 장애인부문 대상 수상(삼일미래재단)
네팔 밀알학교(특수학교) 지원 시작
서울도봉실버데이케어센터 운영(서울시 도봉구 수탁)

2010. 02 강남구다문화가족지원센터 운영(서울시 강남구 수탁)

03 안산밀알보호작업장 개원

05 중림어린이집 운영(서울시 중구 수탁)

08 도봉재가노인지원센터 운영(보건복지부 지정)

2011. 01 마다가스카르 지원 시작

05. 굿윌스토어 밀알송파점 운영(서울시 수탁)

09. 에티오피아 긴급구호 진행, 필리핀 지원 시작

2012. 01 밀알주간보호센터, 밀알단기보호센터 개소,
말라위, 에티오피아, 라이베리아 지원 시작

07 중국 연길 지원 시작

08 이스라엘, 시에라리온 지원 시작, 필리핀 필베밀하우스
(장애인공동생활가정) 개원

09 우크라이나 지원 시작

10 아프리카 권역본부(케냐) 개설

11 남아프리카공화국 지원 시작

2013. 01 면일어린이집 운영(서울시 중랑구 수탁), 탄자니아 지원 시작

History of Miral Welfare Foundation

1993. 07   Established Miral Welfare Foundation
              (First Chief Director-Bongho Son, Executive director-Hyungsuk Chung)

1996. 04   Opened Miral group home for the disabled

1997. 03   Opened Miral school

1998. 03   Operated Ssangbong social welfare center

        06   Established Jeonnam and Gyungnam branches

        08   Operated Buam kindergarten

1999. 02   Operated Gangnamgu family welfare center
              (Current: Gangnamgu healthy family support center,
              Operated Moklyun kindergarten)

        04   Operated Ansansi social welfare center for the disabled

2000. 10   Operated Dobonggu senior welfare service center
              Operated Moklyun day care center for alzheimers'
              (Current: Moklyun day care center)

2003. 10   Opened Haemaeul day care center

2004. 04   Operated Dobong community senior club
              The first Miral concert (for social integration of the disabled) was held

        09   Operated Seongnamsi comprehensive business center for the disabled

        10   The second chief director Hong, Jung Gil was appointed,
              Started financial support for the Bajau

2005. 01   Operated Dobong silver center

에디오피아의 빛나는 별

	11	Opened Miral sheltered workshop
2008.	01	Operated Ansan Miral center
	02	Operated group home for the disabled, Donghaeng's house
	06	Started supporting youth education program in Thailand
	10	Operated Gangnamgu vocational rehabilitation center
	11	Established Chungmil distribution corporation (Current: Social Enterprise Chungmil)
	12	Opened Seongnamsi Oksu group home for the disabled
2009.	01	Operated Chungmauel kindergarten, Operated Daechung community welfare center
	08	Won best prize in the field of Social Welfare for the disabled, in the 1st Samil Transparency Award for NPO Started supporting Nepal Miral school Operated Seoul Dobong day care center
2010.	02	Operated Gangnamgu Multicultural Family Support Center
	03	Opened Ansan Miral sheltered workshop
	05	Jungnim kindergarten is operated
	08	Dobong welfare center for the old who stay at home is operated
2011.	01	Started support program in Madagascar
	05	Operated goodwill store(Miral Songpa branch)
	09	Operated emergency relief in Ethiopia Started support program in Philippines
2012.	01	Opened Miral day care center and Miral short-term protection center Started support program in Malawi, Ethiopia and Liberia
	07	Started support program in Yanji, China
	08	Started support program in Israel and Sierra Leone Opened Philbemil house in the Philippines(group home for the disabled)

	09	Started support program in Ukraine
	10	Opened Africa Regional Office in Kenya
	11	Started support program in South Africa
2013.	01	Operated Myeonil kindergarten
		Started support program in Tanzania
	02	Opened goodwill store (Miral Dobong branch)
		Opening ceremony for Malawi vocational rehabilitation center
	05	Started support program in Haiti
		Registered Miral Welfare Foundation as a NGO in Malawi
		Established local Miral Welfare Foundation in the Philippines
	06	Establishment of Hope school in Anjabetrongu, Madagascar
	07	20th anniversary of Miral Welfare Foundation
	08	Operated Miral Green sheltered workshop
	09	Established Jeonbuk branch
	11	Started support program in Guinea Bissau, Bangladesh, the Ivory, Coast and Thailand
		Registered Miral Welfare Foundation as a NGO in Kenya
		Established Busan branch
		Operated emergency relief in Philippines
2014.	09	Opened Changdong Miral day care center
		Won the best overall prize in the 6th Samil Transparency and Ethical Management Award
	10	Held the first Energy sharing grand festival
		Operated Goodwill store (Miral Jeonju branch)
	11	Participated the African national representative conference
	12	Changed the direct management of Banghakdong Miral day care center (Current: Seoul Dobong day care center)

2015. 01 Designated as the official support organization for the disabled
02 Operated Goodwill store (Miral Guri branch)
04 Established Miral Spirituality laboratory
Started support program in Myanmar

책을 마무리하면서 그동안의 시간들을 돌아본다.
인터뷰를 진행하면서 느꼈던 사람들의 따뜻함.
그들이 내어준 커피안에는 사랑이 들어 있었다.
마음에 담겨진 이야기들을 나누면서 내가 사랑한
에티오피아 사람들에 대해 좀 더 깊이 알 수 있었다.
낯선 집을 방문했지만 언제나 따뜻한 환대를 해준 사람들.
이 한 권의 책이 그들 손에 들려질 순간을 생각하면 가슴이 벅차오른다.
내가 만나고 돌아온 것이 아니라 그들이 나를 초대했다는 사실을
이 책을 만들면서 알게 됐다.
마지막 교정 작업을 하는 오늘밤이 지나면 내일 한별학교에서 손님이 온다.
공항으로 그들을 마중하러 가는 시간이 기다려진다.
그들을 한국에 초대하고 싶었던 내 마음은 무엇이었을까?
지금쯤 공항으로 향하고 있을것이다.
그들도 나와 같은 마음으로 한국 땅을 향해 올거라 믿는다.

마지막으로 이 한 권의 책이 나오기까지 도움을 준 밀알복지재단과
한별학교 정순자 교장 선생님, SBS 성기훈 PD와 이큰별 PD,
그리고 나와 함께 인터뷰를 진행해준 배소진 간사에게도 깊은 감사를 드린다.

- 신미식